Tae Keller

Como capturar um tigre

TAE KELLER

Como capturar um tigre

Tradução
FLAVIA DE LAVOR

MORROBRANCO
EDITORA

COMO CAPTURAR UM TIGRE

MORRO BRANCO é uma editora do Grupo Editorial Alta Books (Starlin Alta Editora e Consultoria Ltda.)

ISBN: 978-65-6099-066-1

Translated from original When You Trap a Tiger Copyright © 2020 Tae Keller *ISBN 9781524715700. Published by Random House Children's Books. Translation rights arranged by Random House Children's Books, a division of Penguin Random House LLC. PORTUGUESE language edition published by Morro Branco, Copyright © 2025 by STARLIN ALTA EDITORA E CONSULTORIA LTDA.*

Impresso no Brasil – 1ª Edição, 2025 – Edição revisada conforme o Acordo Ortográfico da Língua Portuguesa de 2009.

Dados Internacionais de Catalogação na Publicação (CIP)
(BENITEZ Catalogação Ass. Editorial, MS, Brasil)

K38
1.ed. Keller, Tae
Como capturar um tigre / Tae Keller ; tradução Flavia de Lavor. - 1.ed. - Rio de Janeiro : Morro Branco, 2025.
288 p.; 13,5 x 21 cm.

Título original: When you trap a tiger.
ISBN 978-65-6099-066-1

1. Ficção norte-americana. I. Lavor, Flavia de. II. Título.

12-2024/101 CDD 813

Índice para catálogo sistemático:
1. Ficção : Literatura norte-americana 813
Aline Graziele Benitez - Bibliotecária - CRB-1/3129

Produção Editorial: Grupo Editorial Alta Books
Diretor Editorial: Anderson Vieira
Vendas Governamentais: Cristiane Mutüs
Gerência Comercial: Claudio Lima

Coordenadora Editorial: Illysabelle Trajano
Produtor Editorial: Marlon Souza
Tradução: Flavia de Lavor
Copidesque: Fred Spada
Revisão: Andresa Vidal
Diagramação: Diego Santos

ALTA BOOKS
GRUPO EDITORIAL

Rua Viúva Cláudio, 291 – Bairro Industrial do Jacaré
CEP: 20.970-031 – Rio de Janeiro (RJ)
Tels.: (21) 3278-8069 / 3278-8419
www.altabooks.com.br – altabooks@altabooks.com.br
Ouvidoria: ouvidoria@altabooks.com.br

Editora **afiliada à:**

Para Halmoni —
desejo a você um pingente.

1

Posso ficar invisível.

É um superpoder, ou pelo menos um poder secreto. Mas não é como nos filmes, e eu não sou uma super-heroína, então nem comece a pensar nisso. Os heróis são as estrelas que salvam o dia. Eu só… desapareço.

No início, eu não sabia que tinha esta magia. Só sabia que os professores esqueciam o meu nome e as crianças não me chamavam para brincar e, uma vez, no final do quarto ano, um menino da minha classe franziu a testa para mim e perguntou:

— De onde foi que você veio? Acho que nunca te vi.

Eu detestava ser invisível, mas agora entendo: é porque sou mágica.

Minha irmã mais velha, Sam, diz que não é um poder supersecreto de verdade — o nome certo é timidez. Mas Sam sabe como ser grossa.

E a verdade é que meu poder pode vir bem a calhar. Como quando mamãe e Sam brigam, o que está acontecendo agora mesmo.

Eu me envolvo na capa de invisibilidade, apoio a testa na janela do banco de trás e fico vendo os pingos de chuva escorrerem pela lateral da nossa velha caminhonete.

— É melhor parar o carro — diz Sam para mamãe.

Na verdade, Sam diz isso para o celular, pois nem levanta o olhar. Ela está sentada no banco do passageiro com os pés no porta-luvas e os joelhos esmagados contra o peito, seu corpo todo curvado em torno da tela brilhante.

Mamãe solta um suspiro.

— Ah, faça-me um favor, não precisamos parar. É só uma chuvinha de nada.

Mas ela aumenta a velocidade dos limpadores de para-brisa e pisa no freio até andarmos tão devagar quanto uma lesma.

A chuva começou assim que entramos no estado de Washington, e só piorou depois que nosso carro passou pela placa pintada à mão de BEM-VINDOS A SUNBEAM!

Bem-vindos à cidade de Halmoni, uma cidade com chuva incessante, cujo significado do nome ser "raio de sol" mais parece uma piada interna.

Sam estala os lábios pintados com batom preto.

— Tá. — Só isso. Duas letras.

Ela digita sem parar, enviando balões de palavras e emojis para todos os amigos da nossa região.

Fico só pensando o que Sam diz nessas mensagens. Às vezes, até me permito imaginar que ela está escrevendo para mim.

— Sam, você pode ao menos *tentar* ter uma boa atitude em relação a isso? — Mamãe empurra os óculos para cima do nariz com força, como se as lentes a tivessem insultado de modo pessoal.

— Como é que você pode me *pedir uma coisa dessas*? — Sam tira os olhos do celular (finalmente) para olhar de cara feia para mamãe.

É sempre assim que começa. As brigas das duas são barulhentas e explosivas. Elas se irritam demais uma com a outra.

É mais seguro ficar quieta. Pressiono a ponta do dedo contra a janela respingada de chuva e traço uma linha entre as gotas, como se estivesse ligando os pontos. Minhas pálpebras ficam pesadas. Estou tão acostumada com as brigas que mais parecem uma canção de ninar.

— Mas, tipo, você percebe que é basicamente a *pior* mãe de todas, não? Tipo, isso não é nada legal…

— Sam. — Mamãe está toda tensa, com os ombros rígidos e os músculos contraídos.

Prendo a respiração e penso: *invisível-invisível-invisível.*

— Não, é sério — continua Sam. — Só porque você resolveu que quer ver Halmoni com mais frequência, não quer dizer que nós tenhamos que gostar de mudar toda a nossa vida. Eu tinha *planos* para o verão. Não que você se importe. Nem sequer nos avisou com antecedência.

Sam não está errada. Mamãe só nos disse há duas semanas que íamos deixar a Califórnia para sempre. Também vou sentir saudades de lá. Vou sentir falta da minha escola, do sol e da praia repleta de areia — tão diferente da costa rochosa de Sunbeam.

Só estou tentando não pensar nisso.

— Achei que seria bom você passar mais tempo com sua avó. Pensei que gostasse disso. — A voz de mamãe soou entrecortada. A chuva, agora mais forte, exige toda sua concentração. Seus dedos seguram firme no volante. Nenhuma de nós gosta da ideia de dirigir com este tempo, não depois da morte de papai.

Eu me concentro no volante e aperto os olhos de leve, enviando vibrações de segurança com a mente, como Halmoni me ensinou.

— Bela maneira de mudar de assunto — diz Sam, puxando a única mecha branca de seu cabelo preto. Ainda está zangada, mas um pouco desanimada. — Gosto de passar meu tempo com Halmoni, sim. Mas não aqui. Não quero ficar *aqui*.

Halmoni sempre nos visitava na Califórnia. Não vamos a Sunbeam desde que eu tinha sete anos.

Olho pelo para-brisa. A paisagem que vai passando é tranquila. Casas de pedra cinza, grama verde, restaurantes cinza, floresta verde. As cores de Sunbeam se confundem: cinza, verde, cinza, verde — e então, laranja e preto.

Sento direito, tentando distinguir as cores novas.

Há uma criatura deitada na estrada logo adiante.

É um gato gigante, com a cabeça apoiada nas patas.

Não. Não é um gato gigante. É um *tigre*.

O tigre levanta a cabeça assim que nos aproximamos. Deve ter fugido de um circo, de um jardim zoológico ou algo do gênero. E deve estar machucado. Por que mais estaria deitado ali na chuva?

Um medo instintivo provoca um nó no meu estômago, me deixando enjoada. Mas não importa. Se um animal está machucado, então temos que fazer alguma coisa.

— Mãe — interrompo a briga das duas, escorregando para frente no banco. — Acho que... hã... que tem um...

Agora, mais de perto, o tigre não parece machucado. Ele boceja, revelando dentes afiados e muito brancos. E então, fica de pé, uma garra, uma pata, uma perna de cada vez.

— Meninas — diz mamãe, com a voz tensa e cansada. Seu aborrecimento com Sam raramente me afeta, mas depois de dirigir por oito horas, ela não consegue mais se conter. — Vocês duas. Por favor. Preciso me concentrar na direção agora.

Mordo a minha bochecha. Isso não faz o menor sentido. Mamãe deve ter visto o gato gigante. Mas talvez esteja muito distraída com Sam.

— Mãe — murmuro, esperando que ela pise no freio. Mas ela não faz isso.

Às vezes, o problema da minha invisibilidade é que demora um pouco para passar. Demora um pouco para as pessoas me verem, me escutarem e me *darem ouvidos*.

Veja bem: o animal não se parece com nenhum tigre que eu já tenha visto num zoológico. É enorme, do tamanho do nosso carro. O laranja reluz em sua pelagem e o preto é tão escuro quanto uma noite sem lua.

Este tigre pertence a uma das histórias de Halmoni.

Eu me inclino para frente, até que o cinto de segurança machuque minha pele. De alguma forma, Sam e mamãe continuam discutindo. Porém, suas palavras se tornam um murmúrio, porque estou completamente concentrada no…

O tigre levanta a cabeça enorme — e olha para mim. Ele me *vê*.

O imenso felino arqueia uma sobrancelha, como se me desafiasse a fazer alguma coisa.

Minha voz fica presa na garganta e eu tropeço em minhas próprias palavras, que saem engasgadas.

— Mãe... *pare*.

Mamãe está ocupada falando com Sam, por isso grito mais alto:

— PARE.

Até que enfim, mamãe me dá atenção. Ela olha para mim pelo espelho retrovisor, com a testa franzida.

— Lily? Qual é o problema?

Ela não para o carro. Seguimos em frente.

Mais perto...

Cada vez mais perto...

E não consigo respirar, porque estamos perto demais.

Ouço um baque e fecho os olhos. Minha cabeça lateja. Meus ouvidos começam a zunir. Acredito que acertamos o tigre.

Mas seguimos em frente.

Quando abro os olhos, vejo Sam de braços cruzados sobre o peito e com o celular jogado aos seus pés.

— Morreu — anuncia ela.

Meu coração dispara como uma fera selvagem quando vasculho a estrada à procura de horrores que não quero ver.

Não há nada ali.

Mamãe cerra o maxilar.

— Sam, por favor, não jogue seu celular caríssimo por aí.

Fico olhando para as duas, confusa. Se o baque foi do celular dela caindo no chão...

Eu me viro para procurar o animal, mas só vejo a chuva e a estrada. O tigre desapareceu.

— Lily? — chama mamãe, diminuindo ainda mais a velocidade do carro. — Você está enjoada? Quer que eu encoste?

Passo os olhos pela estrada mais uma vez, mas não encontro nada.

— Não, deixa para lá — respondo.

Ela dá um sorriso, aliviada. Nunca sou difícil. Eu facilito as coisas.

— Aguenta aí. Vamos chegar na casa de Halmoni logo mais.

Concordo com a cabeça, tentando agir normalmente, de modo casual, embora meu coração esteja aos pulos. Não posso contar isso à mamãe. Ela iria me perguntar se eu estava desidratada ou com febre.

E talvez esteja mesmo. Encosto a mão na testa, mas não sei dizer. Acho bem provável que eu esteja ficando doente. Ou talvez tenha cochilado por alguns minutos.

Sério, é impossível que eu tenha visto um tigre gigante aparecer — e desaparecer — no meio da estrada.

Balanço a cabeça. Não importa se o tigre é real, se só sonhei com ele ou se estou perdendo a cabeça, preciso contar isso à Halmoni. Ela vai me ouvir. Vai me ajudar.

Ela vai saber o que fazer.

2

Todas as histórias de Halmoni começam da mesma maneira, com a versão coreana de "era uma vez":

Muito, muito tempo atrás, quando o tigre andava como um homem...

Na Califórnia, nas semanas que antecediam as visitas de Halmoni, Sam e eu sussurrávamos essas palavras uma para a outra. Toda vez que as ouvia, elas me davam arrepios.

Contávamos os dias até a chegada de nossa Halmoni, até aquela primeira noite, quando corríamos para o quarto de hóspedes e nos aninhávamos na cama com ela, uma de cada lado, como dois aparadores de livros.

— Halmoni — sussurrava —, conta uma história pra gente?

Ela sorria e nos puxava para seus braços e sua imaginação.

— Qual história?

A resposta era sempre a mesma. Nossa história preferida.

— Aquela sobre *Unya* — respondia Sam. *Irmã mais velha.*

— E *Eggi* — acrescentava eu. *Irmã mais nova.* — A história do tigre.

Aquela história sempre nos pareceu especial, como se houvesse um segredo brilhando por trás das palavras.

— Peguem para mim — dizia ela, e Sam e eu erguíamos as mãos no ar, cerrando os punhos como se estivéssemos tentando agarrar as estrelas.

É uma mania de Halmoni, fingir que há histórias escondidas nas estrelas.

Ela esperava alguns instantes, deixando os segundos passarem, e nós ficávamos ouvindo nossos corações batendo forte, clamando pela história. Então, respirava fundo e nos contava sobre o tigre.

O problema é que o tigre de suas histórias era um predador apavorante e astuto. Mas o tigre na estrada não parecia ser assim. Não acho que ele queria me *comer*, mas acredito que queria... *alguma coisa.*

Não consigo descobrir o quê, porque não vejo mais nenhum tigre enquanto atravessamos Sunbeam bem devagar. Finalmente chegamos à casa de Halmoni. É uma pequena casa de campo nos limites da cidade, no topo de uma colina, do outro lado da rua da biblioteca e rodeada de bosques.

Mamãe entra na longa entrada para carros e nós trituramos o cascalho até chegar lá em cima.

Depois de estacionar, ela descansa a cabeça no volante e suspira, parecendo que vai cair no sono. Em seguida, respira fundo e endireita o corpo.

— Muito bem — diz, passando o braço em volta do apoio de cabeça e virando-se para encarar nós duas ao mesmo tempo. Estampa um sorriso no rosto, tentando parecer animada para apagar todas as discussões e o estresse da viagem de carro.

— Más notícias: deixei os guarda-chuvas na Califórnia. — Ela dá um sorriso do tipo *ha-ha, opa, mas que engraçado.* — Então, vamos ter que correr até lá.

Olho para a casa de Halmoni. É o tipo de lugar que *parece* mágico, empoleirado lá no alto, com uma hera quase preta subindo pelos muros de tijolos desbotados, janelas que piscam sob a luz e, é claro, mais ou menos um milhão de degraus até a porta da frente.

Não tem nada a ver com nosso apartamento branco-baunilha na Califórnia — num edifício novinho em folha. Com elevador.

— Você quer que a gente suba todas essas escadas na chuva? — pergunta Sam, com tanto horror que até parece que mamãe lhe pediu para tomar banho num poço de gosma de caracol.

Mamãe força outro sorriso.

— Qual é o problema de pegar uma chuvinha? Não é, Lily?

Minha resposta é simples: É, sim. Quero entrar logo e perguntar a Halmoni sobre o tigre. Mas não existe uma pergunta simples na nossa família. É uma armadilha. Ela está me pedindo para escolher um lado.

Encolho os ombros.

Mamãe não me deixa escapar tão fácil assim.

— Não é, Lily? — Seu sorriso vacila, como se ela fosse cair aos pedaços. Há bolsas sob seus olhos e uma ruga profunda no meio da testa.

Não é a aparência habitual da mamãe. Ela costuma ser tão arrumada, com tudo no lugar certo, tudo em ordem.

— É — respondo.

Sam se encolhe como se eu tivesse dado um chute nela.

— Bem, isso resolve a questão — diz mamãe com alívio, colocando a mão na maçaneta da porta. — Preparar. Apontar…

Em seguida, ela abre a porta e sai em disparada, fechando-a antes de começar a correr. Fica encharcada imediatamente e não se move tão rápido assim, mas se esforça bastante — os punhos cerrados, os ombros curvados, a cabeça inclinada para frente como se fosse um touro atacando a casa da mãe.

— Ela está ridícula — diz Sam.

E Sam não está só sendo maldosa. É verdade.

Mamãe gira os braços sem nenhum motivo, e eu começo a rir. Então Sam passa a rir também, e nós olhamos uma para a outra. Por um momento, voltamos a ser irmãs, tirando sarro da nossa mãe constrangedora.

Fico com vontade de pegar este momento e esticá-lo até o infinito.

Mas Sam se vira, pega o celular e o carregador e os enfia no sutiã para protegê-los da chuva.

— É melhor irmos logo — diz.

Tenho vontade de dizer: *Fica*, mas, em vez disso, concordo com a cabeça e então saímos do carro.

Nunca senti uma chuva como *aquela* em toda a minha vida. *É insistente e fria — fria demais para julho — e nem* conseguimos sair da garagem antes que meus sapatos fiquem ensopados e minha calça jeans, pesada.

Sam dá gritinhos enquanto corre, e eu também. Afinal, é meio engraçado e horrível ao mesmo tempo. Sinto os olhos arderem pela água e mal consigo enxergar, mas o choque causado pela água gelada da chuva desperta meu corpo inteiro.

Quando Sam e eu chegamos ao topo da escada — ofegantes e pingando —, já arranquei todo o ar dos pulmões e meu coração está explodindo.

Mamãe está esperando por nós na varanda da frente, o que é bem gentil, eu acho, mas também estranho, porque ela devia abrir a porta e entrar logo.

Ela balança a cabeça e franze a testa.

— Halmoni não atende a porta — diz. — Ela não está aqui.

3

— O que você quer dizer com "ela não está aqui"? — sussurro. Por um segundo, entro em pânico: *o tigre a comeu.* Mas me convenço a manter a calma.

Mamãe dá um suspiro.

— Não sei. Não sei.

Não sei dizer se ela está preocupada ou irritada; a chuva escorre por seus olhos e lábios, deixando suas emoções confusas. Gostaria de saber como ela se sentia para saber como *eu* deveria me sentir.

Sam mexe na maçaneta de latão, forçando para que ela gire. Mas a porta teimosa continua fechada.

— Então... — Sam olha para mamãe e depois para mim. Com o cabelo liso e o delineador grosso escorrendo em listras pretas pelas bochechas, ela mais parece um tigre molhado. — Vamos ter que ficar esperando aqui. Na chuva. Por um tempo indeterminado?

Mamãe enxuga os óculos na camiseta encharcada, o que não ajuda muito.

— Não. Acho que não. Esperem aqui. — Ela levanta um dedo e corre para a lateral da casa.

— Para onde ela vai? — pergunto. Coloco as mãos sobre a cabeça, tentando formar um toldo, mas é inútil. — Cadê a Halmoni?

Sam não responde. Vemos mamãe parar sob a janela da sala de estar. Ela dá um tapinha no lado da janela, passa as mãos pelo peitoril e depois bate com o punho por baixo do vidro.

— Bem, isso é supernormal — diz Sam, com a voz cheia de sarcasmo.

Em seguida, mamãe abre a janela. Olha para nós duas antes de escalar por ali e cair de cabeça para dentro da casa.

— Uau — sussurro. Nunca vi minha mãe fazer nada daquele tipo.

Sam balança a cabeça.

— *Uau* mesmo. Aposto que ela fazia isso toda hora quando era adolescente. — Sam olha para mim como se não conseguisse decidir entre franzir a testa ou rir, e sei exatamente como ela se sente, pois imaginar mamãe como adolescente é ridículo e meio assustador ao mesmo tempo. É estranho pensar na mamãe antes de existirmos.

Mas Sam abre um sorriso, e meu coração relaxa.

— Ela devia sair de fininho para ir a festas com as amigas.

Concordo com a cabeça. Quando Sam está feliz, sua cara de lua se ilumina e ela volta a se parecer com a minha irmã. Aproximo-me dela — só um pouco, para que ela não repare.

Ela torce o nariz.

— Você acha que ela saía de fininho para se encontrar com rapazes?

— Acho que ela não namorou ninguém antes do papai.

— Não consigo imaginar mamãe com mais ninguém além do papai. Bem, para falar a verdade, não consigo imaginá-la com *ninguém*, pois não me lembro da época da mamãe e do papai juntos.

Mas logo percebo que foi a coisa errada a dizer, pois o brilho de Sam se apaga de imediato. Ela cerra o maxilar e se vira para o outro lado.

— Você é tão ingênua — murmura.

Pensar no papai são coisas diferentes para Sam e para mim. Ela tem idade suficiente para se lembrar dele. Quando papai morreu em um acidente de carro, ela tinha sete anos. Eu só tinha quatro.

— Sam... — começo a dizer, mas não sei como terminar a frase.

Eu costumava conversar com ela. Costumava contar tudo a ela. Se aquilo tivesse acontecido há alguns anos, eu teria dito: ACABEI DE VER UM TIGRE NO MEIO DA ESTRADA! Teria gritado bem no ouvido dela, pois não conseguiria me conter.

— Acabci de ver... — tento de novo, mas o ruído da tranca do outro lado da porta me interrompe quando mamãe a puxa e abre a porta.

— Entrem depressa — diz, como se pudéssemos ficar mais encharcadas do que já estávamos.

Sam e eu entramos, deixando pegadas de água no saguão, poças do tamanho de um lago no piso de madeira.

A casa de Halmoni parece uma recordação. A sala e a cozinha se aconchegam em torno de uma mesa de jantar roxa e de uma lareira que não funciona. Um velho relógio de pêndulo bate no canto mais distante da sala de estar.

Sobre a lareira, dois leões de pedra abraçam uma fotografia de mamãe para acolher a riqueza em sua vida. Do outro lado, um sapo guarda uma foto minha e de Sam para proteger nossa felicidade. E por toda a parte — em cestas penduradas no teto, sobre as bancadas, enfiadas em tigelas —, há feixes de ervas e palitos de incenso para afastar as más energias.

Quando respiro fundo, o aroma de macarrão de trigo sarraceno, sálvia e sabão em pó têm cheiro de lar.

Sam não está tão contente assim. Ela cruza os braços sobre o peito e franze a testa.

— Hum — diz. — O que é isso?

Sigo o olhar dela. No outro canto da sala fica o quarto de Halmoni, o banheiro e duas escadas: uma que sobe para o quarto do sótão e outra que desce até o porão. Mas agora, em frente à porta do porão, há uma torre de baús coreanos e caixas de papelão empilhados em uma barricada.

Mamãe balança a cabeça.

— Bizarro, não é? Por que será que ela fez isso? — Ela rói a unha do polegar e olha ao redor da sala. Por um segundo, percebo a preocupação em seus olhos.

Meu entusiasmo desaparece. É *muito* estranho. Estão fora do lugar. E Halmoni não está aqui.

Algo frio e escuro se instala em meu estômago.

— Cadê a Halmoni? — pergunto.

Mamãe olha para mim e relaxa.

— Ah, não se preocupe. Aposto que ela está fazendo compras ou visitando as amigas. Você sabe como ela é. — Ela me dá um sorriso que é ao mesmo tempo triste e esperançoso. — Você está feliz por estar aqui, Lily?

Há alguma coisa acontecendo que ela não nos contou. Fico com vontade de perguntar o que é, mas não quero tirar seu sorriso, então apenas concordo com a cabeça.

Ela está prestes a dizer mais alguma coisa, mas um arrepio me agarra pelos ombros e me sacode.

Mamãe pisca para nós duas, como se tivesse esquecido como estávamos molhadas.

— Certo. Esperem aqui. Vou procurar algo para vestirmos.

Nossas malas estão no carro e nenhuma de nós quer enfrentar a chuva, por isso mamãe desce o corredor e entra no quarto de Halmoni.

Ao voltar, suas mãos estão cheias de toalhas e camisolas de seda de Halmoni, e Sam e eu pegamos duas da pilha. A camisola de um laranja suave brilha e muda de cor como o pôr do sol em minhas mãos. Até os pijamas de Halmoni são bonitos.

— Vou aumentar a temperatura do aquecedor — diz mamãe. — Esperem aqui.

Mas é claro que Sam não espera. Assim que mamãe volta para o quarto de Halmoni, Sam se desvia de caixas e móveis e sobe direto para nosso quarto, deixando poças d'água para trás.

Começo a ir atrás dela, mas hesito. Não quero ser a pequena eggi que segue sua unya para todo o lado. Mas no final, é claro que a sigo mesmo assim.

No andar de cima, o quarto do sótão é aconchegante, com o teto alto, um espelho de corpo inteiro com moldura de madeira e duas camas de solteiro cobertas por colchas desbotadas. Quando morávamos ali, Sam e eu juntávamos as camas e nos aninhávamos uma na outra para contar histórias no escuro.

Agora as camas estão em lados opostos do quarto, separadas por uma janela ampla.

Sam tira as roupas molhadas, esfrega a maquiagem escura na toalha limpa e veste a camisola preta de lantejoulas. Depois se joga na cama. O colchão a recebe com um gemido, e ela estica a mão atrás da cabeceira da cama para conectar o celular antes de se virar para mim.

— O que é que você está fazendo? Era para esperar lá embaixo.

Sam sempre age como se as ordens da mamãe só se aplicassem a mim, o que é muito irritante, mas já estou acostumada.

Dou um suspiro e me seco antes de vestir a camisola. O calor suave me provoca um arrepio, aliviando o frio em meus ossos. Respiro fundo, esperando sentir o cheiro de leite de Halmoni, mas só consigo sentir o perfume do sabão.

Sam franze a testa, esperando que eu saia, mas eu me sento na cama.

— Este lugar não parece esquisito? — Pego na colcha da cama enquanto falo, tomando o cuidado de não olhar para ela. — Com Halmoni desaparecida, todas aquelas coisas bloqueando o porão e o... o clima? Como se houvesse alguma coisa errada?

— Em primeiro lugar, Halmoni não está *desaparecida*. Ela só está fora de casa. Não seja tão dramática. Em segundo lugar, sim. O clima está esquisito. Mas a casa de Halmoni sempre foi assim. — Ao seu lado, o celular de Sam acende e começa a carregar, como se estivesse se espreguiçando depois de acordar de uma soneca. Ela pega o aparelho e o observa piscar, mal prestando atenção em mim. — Você se lembra da última vez em que nos mudamos para cá?

— Mais ou menos. — Moramos ali por três anos depois que papai morreu. Nasci na Califórnia, mas minhas primeiras lembranças têm a forma daquela casa.

Sam desliza o dedo pela tela do celular e não espero que ela me responda, mas ela o larga e ergue os olhos.

— No começo, foi bom estar aqui, porque Halmoni cuidava da gente quando estávamos tristes e ajudava a mamãe. Mas ela sempre fazia coisas estranhas e sem explicação. Halmoni é cheia de segredos. Esta casa é cheia de segredos.

Mordo o lábio.

— O quê, por exemplo?

Sam revira os olhos.

— Não sei. Essa não é a questão. A questão é que estamos aqui em vez de estarmos na Califórnia, e eu detesto isso. Detesto estar aqui.

As palavras de Sam são tão duras que eu chego a vacilar.

— Não fale assim.

Pelo que me lembro, Sam e eu adorávamos morar ali. Estávamos tristes por causa do papai, é claro, mas não era de todo ruim. Nós duas contávamos histórias no quarto do sótão, comíamos bolinhos de arroz[1] na cozinha, criávamos mundos de faz de conta no porão. Estávamos sempre *juntas*.

Fico com vontade de perguntar a ela: *Você se lembra?* Mas Sam continua:

— Não é justo, Lily. Mamãe queria se mudar para perto de Halmoni, o que é legal e tudo o mais, mas nós nem pu-

---

1. Mochi ou bolinhos de arroz glutinoso com recheio doce de pasta de feijão, servido como sobremesa ou lanche. [N. T.]

demos opinar sobre o assunto. Nem sequer conseguimos nos despedir. Você não está nem um *pouco* zangada?

Para ser sincera, talvez eu esteja um pouco zangada. Mas também estou feliz por estar aqui.

Limpo a garganta. Respiro fundo. Engulo em seco.

— Acho que talvez... você devesse ser mais gentil com a mamãe. — Minhas mãos ficam suadas. É um terreno perigoso. Não costumo confrontar a Sam. Somos irmãs, e irmãs devem estar sempre do mesmo lado.

Sam revira os olhos.

— Sério, Lily? Não acredito que você está defendendo a mamãe.

— É só que... — Não consigo tirar a expressão no rosto de mamãe da cabeça. Lá embaixo, à procura de Halmoni, ela parecia tão frágil. Tipo, não como as mães deveriam ser. Não sei como Sam não percebeu isso.

— É só que...? — Sam fica olhando para mim e, quando não respondo, dá um suspiro. — Desembucha logo, Lily. Não precisa ser tão esquisita e caladona o tempo todo. Deixa de ser uma GAT.

GAT é a abreviatura de Sam para Garota Asiática Tímida. Tipo, um estereótipo. Sam se esforça tanto para não ser um estereótipo que usa batom preto, descoloriu uma mecha de cabelo e diz tudo que vem à sua cabeça.

Digo a ela: *Só estou tentando ajudar*. Pergunto: *Não vê o quanto mamãe está se esforçando?* Falo: *Não sei por que você está tão* zangada *comigo.*

Mas, na verdade, não digo nada disso. As palavras ficam presas na minha garganta. Sam sempre está brava demais, e tudo que eu digo a deixa ainda mais irritada.

Ela revira os olhos outra vez.

— Deixa pra lá. Você sempre *me* faz ser a vilã, só porque eu falo o que penso. Não precisa ter tanto *medo* de balançar o barco, sabe?

O que Sam não percebe é que ela já está balançando o barco. Se eu balançar também, o barco vai virar. Vamos nos afogar.

Ouço a chuva bater no telhado e passo a mão na colcha. Então digo:

— Você devia estar contente. Sei que *gosta* de Halmoni. — Ao menos, acho que isso é verdade. Sam parece não gostar mais de nada. Exceto talvez pelo seu celular.

Ela dá de ombros.

— Só estou dizendo. A questão é: ter que morar aqui, sem amigos, só com nossa mãe e a vovó? É pedir demais.

— E sua irmã — digo tão baixinho que mal consigo me ouvir. Tímida como uma GAT. — Eu também estou aqui.

Sei que Sam tem uma resposta afiada na ponta da língua. Mas minhas palavras a detêm. Ela relaxa os ombros.

— É — diz.

É uma palavrinha pequena, mas ela a diz de modo tão suave que abre meu coração e o calor se derrama, espalhando-se pelo meu corpo inteiro até chegar nos dedos dos meus pés e mãos.

— É — respondo. Quase me sinto capaz de contar a ela sobre o incidente do sonho-miragem-espírito do tigre.

De repente, a porta se abre lá embaixo. Halmoni está em casa.

4

Halmoni abre a porta da frente com um estrondo e grita:

— Olá, minhas meninas! Minhas meninas estão em casa para me ver!

A voz dela sobe até nosso quarto e eu corro para vê-la, batendo os pés na escada velha e barulhenta.

Halmoni está mais magra do que da última vez em que a vi. A túnica de seda colorida e as calças brancas parecem mais largas do que o normal. O pingente de joia repousa na depressão em forma de U entre suas clavículas, mais fundo do que antes.

Mas ela continua tão glamorosa como sempre, com os lábios vermelhos e os cabelos com permanente tingidos de preto. Nos braços, traz quatro grandes sacolas de compras, cheias até o topo com comida.

Mamãe já está na porta, vestida com o pijama de Halmoni e recebendo-a com um monte de perguntas:

— Por que você não estava aqui? Por que não atendeu o telefone? Lembra que eu te *falei* que estaríamos aqui às seis horas? Tivemos que ficar esperando do lado de fora! E por que você comprou tanta comida assim? É comida demais!

Halmoni dá uma risada.

— Ah, minha filha, *tão* intrometida! — diz ela, antes de colocar as sacolas de compras e sua bolsa Louis Vuitton falsificada nas mãos de mamãe, como se ela fosse um mordomo.

Mamãe franze a testa, mas antes que possa protestar, Halmoni me vê e abre os braços para um abraço.

— Lily Bean! — diz. Seu rosto inteiro se ilumina, e eu nem sabia que alguém podia ficar tão feliz com alguma coisa. Corro pelo corredor e deslizo para os braços dela, absorvendo seu amor.

— Cuidado. — Mamãe coloca as sacolas de Halmoni na mesa da cozinha e cruza os braços. — Não derrube sua *halmoni*.[2]

Halmoni me abraça com força e repreende mamãe por cima da minha cabeça.

— Silêncio, mocinha. Pelo menos, *Lily* me ama.

Mamãe solta um suspiro.

— Eu também te amo. É por isso que estamos aqui.

Halmoni a ignora. Ela coloca as mãos nos meus ombros e se inclina para trás para poder olhar para mim, sorrindo ao reparar na sua camisola.

— Ah, olha só para você. É uma miniatura de mim! Tão bonita. Tão reluzente.

Dou uma risada.

— Reluzente? — Foi Sam quem pegou a camisola de lantejoulas, não eu.

2. A palavra *halmoni* significa avó na língua coreana. É usada de maneira carinhosa e respeitosa para se referir a essa figura familiar. [N.T.]

— Igual ao sol — diz Halmoni, piscando para mim. Halmoni é a única pessoa no mundo com quem minha capa de invisibilidade nunca funciona. Ela sempre enxerga o que se passa no meu coração.

— Halmoni — digo, com a pulsação soluçando ao pensar no tigre —, tenho que te contar uma coisa.

Mas Sam aparece, descendo silenciosamente pela escada barulhenta e pairando à porta da cozinha.

— E a minha *lua* — diz Halmoni, aproximando-se para abraçar Sam.

Sam fica tensa quando Halmoni a envolve, mas logo relaxa e se aconchega nela, sentindo seu cheiro. Ninguém consegue resistir à Halmoni. Ela é como a gravidade.

Halmoni se afasta e acaricia a mecha branca de Sam.

— Tão bonito o seu cabelo.

— Não — diz mamãe. — Por favor, não a encoraje. Não é natural.

Sam olha de cara feia para mamãe e Halmoni gira a mecha entre os dedos.

— É de família. Também tive isso quando pequena — diz ela, piscando para mim e para Sam.

A voz de mamãe soa firme.

— Uma mecha descolorida não é um traço genético.

Halmoni nem sequer olha para ela.

— E *tão* na moda. Sam parece uma estrela do rock.

Sam abre um sorriso. Mamãe respira bem fundo.

Mamãe detesta a mecha branca, mas Sam se recusa a fazer qualquer coisa a respeito. Afirma que não é culpa dela — que seu cabelo cresce naturalmente daquela cor.

É uma longa história.

Halmoni se vira para mamãe e franze a testa.

— Por que o cabelo das meninas estão molhados?

Mamãe pigarreia enquanto guarda as compras de Halmoni.

— Como eu estava dizendo, estão molhados porque tivemos que ficar esperando do lado de fora, no meio da chuva. Teria sido bom se você, sabe, *estivesse aqui* quando disse que estaria. Tive que usar o velho truque da vidraça e entrar pela janela... Na frente das minhas filhas!

— Sempre pela janela. — Halmoni olha para mim e Sam e estala a língua. — Ela sai, ela entra. Pulava até da janela do sótão. Sua mãe era uma criança muito sorrateira. Tanta encrenca.

Mamãe resmunga, e Sam e eu trocamos um olhar. Não sei como mamãe conseguiria pular da janela do sótão — é incrivelmente alta —, mas Halmoni sempre exagera e é engraçado imaginar a cena.

Sam reprime um sorriso e eu engulo uma risada.

— E por falar nisso, você nem devia mais dirigir. *Muito menos* na chuva — continua mamãe. — Se precisava fazer compras, devia ter me esperado. Você precisa tomar cuidado. Precisa...

— *Shh* — sibila Halmoni, levantando um dedo. Sam e eu costumávamos assistir a um programa de TV sobre um adestrador de cães que usava um assobio raivoso para domar os cachorros. É o mesmo barulho.

A mãe cerra o maxilar e depois tenta outra linha de interrogatório.

— E o que é que se passa com todas estas coisas? Por que você está vivendo desse jeito? — Ela aponta para a pilha de caixas e móveis na frente da porta do porão.

Halmoni dá de ombros.

— O porão inunda, então as coisas vêm aqui para cima.

Sam arqueia a sobrancelha.

— Você carregou tudo isso sozinha?

Halmoni se volta para Sam e dá uma piscadela, o que é bem típico dela. Ela não sente necessidade de responder às perguntas, e eu não me importo com isso.

Mamãe, por outro lado, se importa muito.

— Não, é sério. Você *carregou* tudo isso escada acima sozinha? Sabe que podia ter se machucado. Você… — Ela faz uma pausa. — Onde é que eu vou dormir? — Quando moramos ali antes, mamãe dormia no porão, espremida entre as coisas de Halmoni.

— Você dorme na sala, no sofá — responde Halmoni, como se não fosse nada demais.

Espero que mamãe comece a discutir, mas ela caminha até as caixas.

— Certo, tá bom, mas vou ao menos tirar essas coisas daqui. Podemos afastá-las da porta para que eu possa verificar os estragos da inundação lá embaixo. Sam, me dá uma ajuda?

Sam olha para ela, impassível.

Mamãe dá um suspiro.

— Lily?

Começo a me aproximar, mas Halmoni agarra meu pulso e me puxa para trás.

— Não, não. Nada de mexer nas caixas.

Mamãe pestaneja.

— Elas estão no caminho.

Halmoni agita os braços à sua frente, como se estivesse afastando o aborrecimento de mamãe.

— Não, não. Hoje não é um dia *auspicioso*. Quando tiro as caixas do lugar, é um dia de sorte. Mas hoje é um dia perigoso para os espíritos. Mexemos nelas em outro dia.

Um dia perigoso para os espíritos. Engulo em seco. Preciso ficar a sós com Halmoni para poder perguntar a ela sobre possíveis espíritos de tigre.

— Mexer nas coisas em dias de azar... *muito* perigoso. E quebrar as coisas, então... — Halmoni fecha os olhos e estremece, como se ela nem pudesse pensar nisso. — Se você *quebrar* alguma coisa, ah, isso é muito ruim.

Parece que mamãe vai literalmente arrancar os cabelos.

Sam arqueia as sobrancelhas para mim como se dissesse: *Lá vamos nós outra vez,* e volta para o corredor.

Não é uma discussão inédita. Mamãe sempre se irrita com as tradições da Halmoni.

Mamãe range os dentes.

— Isso é ridículo. O que...

Mas Halmoni aponta o dedo para mamãe, fazendo com que ela se cale.

— Você não é a mãe. Eu sou a mãe. Você não faz mais perguntas. Vai trocar de roupa. Por que é que está de pijama, afinal?

Mamãe abre a boca para se defender, mas Halmoni bate palmas.

— Vou preparar o jantar agora. Lily me ajuda.

Não me ofereci como voluntária, mas Halmoni tem a mania de criar sua própria realidade. Além disso, não me importo de ajudar.

Sigo-a até a bancada da cozinha e mamãe desiste das caixas. Pega a capa de chuva de Halmoni e sai de casa, descendo até o carro para buscar nossas malas.

Da porta, Sam dá um pigarro e eu olho para ela. Ela hesita, como se estivesse esperando alguma coisa, e eu balbucio: "Tudo bem. Pode ir lá pra cima."

Fico mal por mandá-la embora, mas Sam não gosta de cozinhar nem de pôr a mesa ou de fazer qualquer tarefa, na verdade, e eu preciso ficar a sós com Halmoni.

Sam franze a testa e se afasta, murmurando algo sobre seus amigos enquanto volta para o quarto do sótão.

Quando ela vai embora, eu sussurro:

— Halmoni, aconteceu uma coisa.

Ela coloca uma mecha de cabelo atrás da minha orelha e dá um beijo na minha testa.

— Sim, pequenina, quero saber de tudo, mas primeiro é hora do *kosa*[3].

— É, mas...

— Ah, ah, primeiro isso aqui. — Ela anda pela cozinha, tirando tigelas e cestos dos armários, e os coloca na minha frente.

Não me lembro da primeira vez em que ela me mostrou como fazer um kosa. É algo que sempre fizemos juntas.

---

3. Kosa é um rito funerário de oferenda aos espíritos que auxiliam na travessia para a vida eterna. A comida é um símbolo de honra e respeito ao falecido e seus familiares. [N. T.]

Preparamos comida para os espíritos e nossos antepassados e deixamos que eles se banqueteiem antes de nós. *Para aqueles que foram antes de nós,* costuma dizer Halmoni.

Quando era pequena, eu costumava fingir que papai vinha comer o kosa com a gente. Uma vez, cometi o erro de dizer à Sam que a comida era para ele.

Ela fez uma careta e disparou: "Ele está morto. Não é uma brincadeira."

Depois disso, ela nunca mais gostou do kosa.

Depois de esquentar um prato de bolinhos de arroz com feijão vermelho, Halmoni os entrega para mim e eu os arrumo em uma cesta de bambu do jeito que ela me ensinou. Com cuidado e amor. Eles aquecem meus dedos.

— É muito importante fazer o kosa nos dias de uma grande mudança — diz Halmoni enquanto serve o vinho em pequenos copos de cerâmica. — Quando as pessoas vêm. Quando as pessoas vão. Fazemos isso para manter os espíritos felizes.

Ela se aproxima de mim, com o hálito fazendo cócegas na minha orelha.

— Quando os espíritos ficam com fome... é *quase tão assustador* como quando a sua mãe está com fome.

Abro um sorriso.

— E quando Sam está com fome?

Halmoni arregala os olhos cheios de rugas.

— É ainda *mais* assustador.

Rio às custas de Sam, sentindo-me um pouco culpada. Depois, coloco lulas secas e anchovas em um pratinho enquanto Halmoni prepara a refeição e fico ouvindo as melodias do kosa.

Halmoni cantarola uma música que não conheço, deve ser uma canção de ninar coreana, e a casa parece cantar junto com ela. Os armários sussurram quando ela os abre e fecha, e a água assobia enquanto lava os legumes.

A questão do kosa — de todas as crenças e rituais de Halmoni — é que sempre os tomei como garantidos. Fazem sentido para Halmoni, e isso já basta para mim. Sua magia nunca precisou de explicação. Mas, agora, com o tigre, compreender tudo parece ser importante.

— Eu vi uma coisa na estrada — conto a ela.

— O que você viu? — pergunta ela, enquanto corta um pepino.

Engulo em seco.

— Hum, acho que posso ter visto um dos... espíritos com fome?

Ela larga a faca e se vira para mim. Seu olhar é intenso.

— O que está dizendo, Lily? O que você viu?

De repente, fico nervosa.

— Não sei... Será que foi um sonho?

Halmoni se aproxima de mim.

— Sonhos muito importantes, Lily. O que você viu?

Mamãe me diria para não encorajar Halmoni. Sam diria que estou sendo esquisita. Mas com Halmoni, estou a salvo de julgamentos.

— Um tigre.

Ela sibila por entre os dentes.

— O que o tigre fez? — Sei que ela não está chateada comigo, mas está chateada mesmo assim, e não consigo deixar de sentir que disse a coisa errada.

— Hum, ele só… ficou parado lá. E depois desapareceu. — Uma onda de pânico me atinge com toda a força e eu sussurro: — Será que estou ficando maluca?

Halmoni envolve o pingente com os dedos e se abaixa para que seu rosto fique perto do meu — até que eu sinta seu hálito de leite.

— Lily, *maluca* não é uma boa palavra. Nem é uma palavra bem pensada. Você vê a verdade porque é especial, e isso não a torna maluca, tá bom?

Concordo com a cabeça, sem saber o que pensar. O tigre *parecia* ser de verdade, mas não podia ser. E o que é que se faz com coisas que parecem ser de verdade, mas não são?

— Sua mãe não acredita em nada disso. O mundo dela é pequeno. Mas *você* sabe: o mundo é bem maior do que conseguimos enxergar. — Halmoni pousa a palma da mão na minha bochecha. — Agora, tome cuidado e fique longe dos tigres. Tigres são muito maus.

— Eu sei. Vou ficar longe deles. Os tigres comem as pessoas e tudo mais. Foi só um…

Ela balança a cabeça.

— Não confie neles, viu? Eles são astutos, mas não dê ouvidos às suas mentiras. Você se lembra disso.

— É, eu me lembro das suas histórias.

— Sim, sim, histórias. Mas talvez… — Ela dá um passo para trás e inclina a cabeça, como se tentasse tomar uma decisão. Alguma coisa no tom de voz dela me parece estranha, diferente da Halmoni que conheço. — Talvez haja mais histórias do que contei a você.

Afasto os pratos e a tábua de corte da minha frente e subo na bancada da cozinha para ficar sentada na frente dela, pronta para ouvir. Não me lembro da última vez em que ela nos contou uma história nova.

— Quais, por exemplo?

— Os tigres andam à minha procura — diz, passando a mão pelo meu braço, absorta em seus pensamentos. — Roubei algo que lhes pertencia... há muito, muito tempo, quando eu era pequena como você... e agora eles querem de volta.

— Espera um pouco. O quê? Essa história é sobre você?

— Essa é de verdade. Tigres de verdade.

Inclino o corpo para trás. Ela nunca me contou uma história sobre si mesma, e roubar dos tigres não faz sentido. Ontem, talvez eu não tivesse acreditado nela. Talvez tivesse pensado que ela estava inventando coisas, pois é claro que não podia ser verdade.

Assim como um tigre que desaparece não pode ser de verdade.

E ainda assim.

Puxo uma das minhas tranças.

— O que foi que você roubou?

Se essa história *for* verdadeira, talvez o tigre também seja. E talvez seja por isso que ele apareceu. Mas o que poderia ser tão importante para os tigres perseguirem por todo o mundo? E qual seria a sensação de roubar dos tigres; de fazer algo tão poderoso e tão perigoso?

Ela franze a testa.

— Não importa, pequenina. Não é seguro fazer tantas perguntas.

— Mas...

A porta se abre de novo e mamãe entra bufando e jogando duas malas no chão.

— Nada de *mas, mas, mas*. — Halmoni estala a língua para mim. — Não falamos sobre isso.

Mamãe empurra os óculos para cima do nariz e recupera o fôlego.

— Sobre o quê?

Halmoni me dá um olhar de silêncio, e eu não digo nada. Mamãe pestaneja.

— Alguma das duas quer me contar?

Halmoni responde com uma voz tão doce e inocente:

— Não, eu passo.

Mamãe inclina a cabeça.

— Você... passa? O quê? De me contar?

Halmoni dá um sorriso e concorda com a cabeça.

— Passo.

Mamãe olha de Halmoni para mim, e eu encolho os ombros como se não soubesse de nada.

Ela parece querer fazer mais perguntas, mas apenas dá um suspiro.

— Certo, tá bom, vou buscar mais coisas. Lily, não senta na bancada da cozinha — diz, antes de voltar a descer as escadas.

Desço da bancada, mas assim que mamãe sai, eu me viro para Halmoni.

— O que você pegou? Por quê? E o que foi que aconteceu?

Halmoni me entrega uma pilha de pratos.

— Já chega. Está na hora de pôr a mesa. O kosa vai ajudar a mantê-la a salvo. A manter os tigres longe daqui. — Ela se afasta de mim para terminar de cortar os legumes.

Geralmente, quando preparamos o kosa, ela me oferece alguma coisa para comer antes, piscando para mim e sussurrando: “Coma rápido, para que os espíritos não vejam.”

Mas hoje à noite, o clima é outro. Ela não oferece, e eu não peço nada. Faço o que me mandam e ponho a mesa, pensando em tigres, ladrões e nas histórias de Halmoni.

Afinal de contas, Halmoni sempre nos contou histórias sobre coisas impossíveis, e agora eu me pergunto: e se forem possíveis?

5

Vou te contar uma história. A história. A história do tigre. Caso você esteja só imaginando. Caso esteja sentado aí, esperando e querendo ouvir.

***

Muito, muito tempo atrás, quando o tigre andava como um homem, duas meninas moravam com sua halmoni numa pequena casa de campo coberta de hera, nos limites da cidade, no topo de uma colina. Eram irmãs, tinham compridas tranças pretas e partilhavam tudo, inclusive a paixão por bolinhos de arroz.

Um dia, a halmoni foi à cidade para comprar bolinhos de arroz para suas meninas, mas um tigre a deteve enquanto ela voltava para casa. Ele apareceu do nada — como se tivesse saltado do céu — e ficou bem na frente dela, bloqueando seu caminho.

— Você tem uma coisa que eu quero — *disse o tigre.*

Quando um tigre quer algo de você, é muito difícil de escapar. Sabe qual é a melhor coisa que se pode fazer? Correr. Não fale com o tigre. Muito menos dê ouvidos *a ele.*

Sendo assim, a halmoni jogou os bolinhos de arroz para distraí-lo e, enquanto ele os engolia todinhos, começou a correr.

— Deliciosos! — *gritou o tigre. Mas se você der um bolinho de arroz a um tigre, ele vai querer algo para acompanhar.* — Mais!

Halmoni não foi muito longe. O tigre a alcançou e pulou na frente dela. Mas Halmoni não tinha mais guloseimas, então ele a devorou, engolindo-a inteira, como se fosse um bolinho de arroz. A única coisa que restou foi seu lenço de cabeça, que flutuou suavemente até cair no chão.

Mesmo assim, o tigre ainda queria mais. Não estava satisfeito — os tigres nunca estão —, mas era esperto.

Pegou o lenço de Halmoni e, dias depois, quando foi à casa de campo, usou-o como disfarce.

O tigre bateu à porta e disse:

— Meninas, é sua halmoni. Estou trancada do lado de fora, no meio da chuva e do frio. Deixem-me entrar. — *Ele passou as garras nos muros da casa.*

Scriich, scriich, scriich.

As meninas sabiam que havia algo errado. As unhas de sua halmoni nunca foram tão compridas *nem tão* sujas. *Halmoni gostava de ir à manicure.*

Mas elas sentiam tanta falta da halmoni. O tigre disse:

— Meninas, trouxe bolinhos de arroz para vocês. Belas guloseimas para Unya e Eggi.

A irmã mais nova queria tanto ver sua halmoni. O tigre implorou a ela:

— Confie em mim, Pequena Eggi. Pode acreditar em mim.

Então, ela correu até a porta da frente e a abriu.

Eggi prendeu a respiração e ficou à espera. O tigre deu um rugido.

Aqui vai uma lição: nunca confie em um tigre.

Eggi logo percebeu que o tigre não era sua halmoni. (Halmoni não era dada a rugidos.)

Sendo assim, as meninas saíram correndo e o tigre as perseguiu, atravessando desertos e oceanos, montanhas cheias de neve e florestas densas de chuva. As duas correram e correram até que a terra simplesmente acabou. Um poço fundo de nada se estendia diante delas — fim do mundo, fim da história.

— Já era — *gritou Unya.*

O tigre se aproximou delas. Ele estava com tanta fome.

Socorro!, *pensou Eggi. Fechou os olhos e implorou ao deus do céu.*

— Salve a gente! Por favor, por favor, por favor.

Para sua surpresa, o deus do céu lhe respondeu:

— Hum — *murmurou.* — Certo, tudo bem. Mas me conte uma história em troca.

Nem os deuses do céu conseguem resistir a uma história.

Então, Eggi e Unya pensaram rápido e lhe contaram uma história.

Não acho que será um choque quando você souber que o deus do céu salvou as meninas. Histórias desse tipo têm finais felizes. No segundo em que o tigre saltou para devorar as duas, uma corda má-

gica caiu de um lado do céu e uma escada mágica do outro.

Unya agarrou a corda, Eggi pegou a escada e as duas começaram a subir — até que finalmente ficaram a salvo no reino do céu.

Lá, o deus do céu disse que elas podiam ficar com ele para sempre, mas precisavam arranjar um emprego. Morar no reino do céu? É bem caro.

Então, a irmã mais velha virou o sol e a irmã mais nova virou a lua.

Unya ficou feliz, mas Eggi começou a chorar. Todo mundo sempre olhava para a lua, e ela não gostava disso, queria se esconder.

Então a irmã mais velha se ofereceu para trocar de lugar com ela.

— Não se preocupe, você pode ser o sol. Ninguém pode olhar para o sol.

Problema resolvido! As duas voltaram a ser felizes e ocuparam seus lugares nos lados opostos do céu, seguras para sempre.

E o tigre? Ficou lá embaixo, na terra, pedindo para subir. Mas o deus do céu não lhe deu ouvidos. Ele não queria ouvir a história de um tigre, por isso o animal foi expulso.

***

Quando eu era pequena e Halmoni nos contava essa história ano após ano, sempre ficava satisfeita com o final. Nunca pensava no tigre.

Nunca parava para perguntar: qual será a história do tigre?

Nunca parava para pensar: o que aconteceria se ele voltasse?

6

Acordo toda suada. Os lençóis retorcidos, o travesseiro úmido, a cama rangendo. Meu estômago começa a roncar e me dou conta de que estou morrendo de vontade de comer um *kimchi*[4] da madrugada, por isso me desembaraço das cobertas e saio da cama. Ao atravessar o quarto na ponta dos pés, passando pela minha irmã, imploro às tábuas do assoalho para não fazerem barulho. Mas elas não me dão ouvidos. Choramingam sob meus pés.

Mesmo assim, Sam não se mexe.

Saio do quarto e desço as escadas, segurando o corrimão e apertando os olhos no escuro para tentar enxergar em meio às sombras.

Há algo estranho nas sombras.

Parecem dançar e se agitar à minha frente, como se fossem projetadas por alguma coisa que não consigo ver.

Esfrego os olhos e balanço a cabeça para afastar o sono, e as sombras voltam ao normal. Desço as escadas, passando pelo quarto de Halmoni e por mamãe, que dorme no sofá.

Ando na ponta dos pés até a cozinha...

---

4. Vegetais (repolho, acelga, rabanete ou pepino) fermentados em uma salmoura de gengibre, alho, cebolinha e pimenta. [N. T.]

E então me detenho.

As caixas que estavam encostadas na porta do porão tinham sido empurradas para o lado, deixando o caminho livre.

Sei que mamãe queria tirar as caixas dali, mas não achava que se importasse tanto a ponto de deixar Halmoni chateada. E, de qualquer modo, ela queria mover as caixas para a parede — não só alguns centímetros para o lado.

Mais estranho ainda: a porta está aberta.

Um peso invisível pressiona meu peito, dificultando minha respiração.

Lá fora, os galhos das árvores sopram ao vento, batendo contra as janelas, e a porta do porão parece balançar para frente e para trás, só um pouquinho.

Eu me aproximo bem devagar da porta.

Não me entenda mal: já vi filmes de terror antes. Sam e eu assistíamos a eles juntas e, embora eu passasse o tempo todo com a cabeça enterrada no ombro dela, conheço as regras:

- Não entre no porão.
- E, definitivamente, não vá para lá *sozinha.*

Mas esse é diferente. Não é um daqueles porões assustadores.

Minha irmã e eu passávamos muito tempo brincando naquele porão toda vez que mamãe estava fora de casa. Encenávamos as histórias que Halmoni nos contava e inventávamos nossos próprios contos de fadas. Com todas as tranqueiras velhas de Halmoni, sempre havia algo novo para descobrir.

Aquele porão era meu lugar preferido da casa.

E agora, ele me chama. Aperta meu peito e o sinto em algum lugar lá no fundo, bem atrás do estômago.

A porta de madeira está quente sob a minha mão e range assim que eu a empurro.

Prendo a respiração, à espera, sem saber muito bem se estou com medo ou animada.

Não acontece nada.

Tento encontrar o interruptor de luz, que aparentemente não funciona, por isso sigo o luar que entra por uma janela estreita no topo da parede. As lascas de madeira espetam meus pés descalços conforme desço os degraus até chegar lá embaixo.

Primeiro, fico aliviada porque o porão está vazio.

Depois, fico chateada exatamente porque está vazio.

O porão é pequeno, na verdade. Parecia maior quando eu era pequena. A sala costumava parecer um quebra-cabeças: como se vai de uma ponta à outra? Em quais caixas subir? Qual é o caminho a seguir?

Agora: nada.

Nadica de nada, nem mesmo água — embora Halmoni tenha dito que o porão estivesse inundado. Ajoelho-me no chão e passo a mão pelo carpete. Está totalmente seco.

Não devia estar úmido? E não devia ter cheiro, sei lá, de *molhado*? De mofo?

O porão tem o cheiro de sempre: empoeirado e cheio de lembranças, como as páginas de um livro antigo.

Mordo a bochecha. Talvez eu esteja sendo paranoica, mas nada disso faz sentido. Se o porão não ficou inundado, então por que Halmoni tirou todas as suas coisas dali?

E por que ela mentiria sobre isso?

Um barulho me assusta e eu me ponho de pé num salto. É um rosnado grave e animalesco, e eu cambaleio para trás em direção aos degraus, tropeçando nos próprios pés. O medo belisca meus pés enquanto corro pelas escadas — subindo dois degraus de cada vez, mal me preocupando em respirar até sair do porão e fechar a porta com força atrás de mim.

Encosto na porta fechada e controlo a respiração e as pernas bambas.

É melhor ir para a cama. Já foi demais para uma noite só, e até perdi o apetite.

Ouço o barulho de novo e agora me dou conta de que vem do banheiro. A porta está entreaberta e eu permaneço no escuro, à espreita.

Dentro do banheiro, vejo uma fera das sombras — uma confusão de escamas pretas, curvada e ofegante. Ela rosna e se move como se todos os seus ossos estivessem quebrados.

Meu coração congela dentro do peito, mas então as sombras desaparecem…

E não é uma fera coisa nenhuma. É Halmoni. E há alguma coisa errada com ela.

7

Tento entender o que estou vendo, mas não faz sentido. Não era um monstro, e, sim, Halmoni.

Halmoni, doente.

Halmoni, vomitando.

As crianças ficam doentes o tempo todo. Sam sempre me diz: "Vocês, crianças, são feitas de germes." (Como se *ela* fosse tão adulta.) Mas ela não está errada. Porque não é normal os adultos vomitarem. E muito menos Halmoni. Halmoni é tão glamorosa, e isso é tão… *nojento.*

Halmoni sempre foi a rainha do sono. Ela vai para a cama às oito e meia, prende o cabelo com bobes e o enrola num lenço, usa uma máscara facial e dorme por doze horas.

Nada atrapalha seu sono de beleza. A não ser isso, acho.

Uma boa neta a ajudaria. Uma boa menina traria biscoitos e água, e seguraria os cabelos dela.

Mas, por algum motivo, não me mexo. Por mais que eu tente, não consigo forçar minhas pernas a trabalharem, não consigo fazer minha mão abrir a porta.

Não sou uma boa neta.

Sinto que vi algo que não deveria. Halmoni olha pela porta entreaberta e me vê. Tarde demais, tento ativar minha capa de invisibilidade, mas Halmoni me nota. Como sempre.

— Lily — me chama com a voz rouca. Os bobes em seu cabelo preto parecem escamas. — Pensei ter ouvido você aí.

Seu rosto está envolto pela escuridão e não consigo saber o que ela está pensando. Será que está chateada comigo? Zangada por eu a estar espiando ali? Será que ela quer que eu vá embora? Quando falo, minha voz sai num sussurro:

— Você está bem?

Ela dá descarga e se levanta, dando um passo à frente, sob o luar. As rugas ao redor de seus olhos e lábios estão mais profundas do que o normal, mas ela parece bastante saudável. Se não a tivesse ouvido vomitar, eu nem teria adivinhado.

— É claro que estou bem. Toda minha família está aqui. É ainda melhor do que bem.

— Mas... — Minha voz falha. Dou um pigarro. — Você está... você está doente?

— Ah, sim, Lily. Só um pouquinho. Como é que se chama? Uma *mitose*?

Às vezes, acho que ela confunde as palavras de propósito, para nos fazer rir — para nos distrair.

— Uma virose? — esclareço.

Ela concorda com a cabeça.

— É, uma virose. Mas estou bem.

Respiro fundo para me acalmar. Todo mundo pega esse tipo de vírus, até mesmo as halmonis. É só uma virose de nada.

— Por que você está acordada? — pergunta.

— Não consegui dormir. Estava pensando sobre… o tigre.

Ela olha para mim por três longos segundos e então estende a mão.

— Venha deitar comigo — diz. — Vou te contar agora. Vou te contar o que roubei.

8

Halmoni me leva para seu quarto e eu me encolho debaixo das cobertas com ela. Examino o quarto no escuro.

Na mesinha de cabeceira, como de costume: porta-retratos com fotos minhas, de mamãe e de Sam.

Também na mesinha de cabeceira, uma novidade: uma fileira de frascos com comprimidos cor de laranja. Uma família inteira deles.

Antes que eu possa perguntar sobre eles, ela diz:

— Roubei histórias.

Respiro fundo, tentando entender, mas é meio difícil. Minha avó. Roubou histórias. De tigres mágicos.

Não faz muito sentido.

— Como é que se rouba uma história? — pergunto.

Halmoni fica em silêncio por tanto tempo que acho que talvez tenha mudado de ideia quanto a me contar. Mas ela está só esperando, criando suspense, então pega na minha mão e traça a linha da vida com a ponta do dedo. Ela costumava fazer isso quando eu era pequena, para me tranquilizar durante as partes assustadoras de suas histórias.

— Essas histórias vêm do passado. Muito, muito tempo atrás. Quando o tigre andava como um homem.

Eu me aconchego mais a ela, com o coração vibrando ao ouvir aquelas palavras mágicas.

— Essas histórias vêm de uma época em que a noite é escura como o breu. Só existe a escuridão. No meio da escuridão, uma princesa vive em um castelo no céu. A princesa é muito solitária, então sussurra histórias para a noite. E as histórias se tornam estrelas.

Quando Halmoni nos dizia para estender a mão e apanhar uma história do céu, sempre imaginei que fosse só uma brincadeira. Nunca pensei que ela estivesse falando literalmente.

— As estrelas são feitas de histórias?

— Sim, sim. Agora, presta atenção. — Ela me faz ficar quieta e continua: — A princesa do céu conta tantas histórias que o céu se enche de luz. Não há mais escuridão em lugar nenhum! E as pessoas na terra, nas aldeias, ficam tão felizes. Não há mais noite.

Olho pela janela, para a escuridão, e fico toda arrepiada. *Não há mais noite.*

— A magia da história era tão brilhante e poderosa, que é claro que os tigres a queriam. Eles vão até o topo da montanha mais alta, cercam-se de estrelas e vigiam o céu.

Halmoni continua:

— E os humanos também adoram essas histórias. Mas eu não gosto de algumas histórias que as estrelas contam. Algumas histórias... são perigosas. Algumas são perigosas demais para serem contadas.

Faço uma pausa.

— Mas como é que uma história pode ser perigosa?

Halmoni me abraça com força.

— Às vezes, elas fazem com que as pessoas se sintam mal e ajam mal. Algumas histórias me fazem sentir triste e pequena.

Mordo o lábio. As histórias que Halmoni nos contava sempre tinham finais felizes. Eram sobre garotas inteligentes, famílias amorosas e princesas guerreiras que salvavam o mundo.

— Ouço minha halmoni chorar quando me conta histórias tristes, a nossa história coreana — diz ela. — Vejo meus vizinhos ficarem assustados. Meus amigos ficarem com raiva. E então penso: por que temos que ouvir histórias ruins? Não é melhor que as histórias ruins simplesmente desapareçam?

Engulo em seco. Faz sentido, acho.

— Então, numa noite tranquila, pego potes da minha casa e os levo montanha acima, seguindo os tigres até as cavernas. Sou a menina mais nova da menor aldeia das redondezas e bastante sorrateira. Escondo-me do lado de fora das cavernas e espero até que os tigres adormeçam, até que seus roncos ecoem por toda a montanha. E, em seguida, começo a trabalhar, pegando as estrelas — as histórias ruins — com os punhos e enfiando-as nos potes.

É outra coisa que parece impossível — mas talvez o mundo seja maior do que eu pensava. Talvez haja lugar para tigres que desaparecem e estrelas capturadas.

— Você roubou as estrelas — digo.

— Nem todas. Mas… sim.

Fico imaginando qual seria a sensação de segurar as estrelas nas minhas mãos — se elas se desfariam como pó ou se quebrariam como vidro, se arderiam ferozmente quentes ou se seriam afiadas e frias.

Halmoni continua:

— Fecho os potes. Depois saio da caverna na ponta dos pés, bem suave e *silenciosa*. Antes de ir embora, penso: *É melhor garantir. Vou garantir que eles não me sigam.* Então pego pedras da floresta, uma por uma, e empilho na entrada da caverna até formar uma muralha. Uma muralha grande e pesada. Até que os tigres fiquem presos lá dentro.

Estremeço só de pensar nos tigres arranhando a muralha do outro lado.

— Penso: chega de histórias ruins. Chega. Nunca mais quero ouvi-las, por isso fujo da minha aldeia, atravesso o oceano, atravesso o mundo inteiro até chegar num lugar novo. Onde estou a salvo da tristeza. — A voz de Halmoni começa a ficar mais baixa à medida que ela vai ficando com sono. — Roubo as estrelas e as guardo num lugar fechado.

— Como é que você sabia? — pergunto, encostando meus pés quentes nos pés frios dela. — Como você sabia que ficaria bem?

— Não sei. Mas acredito em mim. Quando você acredita, isso é ser corajoso. Às vezes, acreditar é a coisa mais corajosa de todas.

— Quer dizer que deu tudo certo? — Halmoni nunca falava sobre como veio da Coreia para os Estados Unidos, e eu nunca pensei em perguntar a ela.

Halmoni fica em silêncio por tanto tempo que acho que talvez tenha adormecido. Então ela diz:

— Nada dura para sempre, Lily. Os tigres se libertam. Os tigres estão muito zangados. Agora eles vêm atrás de mim.

Da sala de estar, ouço um rangido e fico tensa, mas deve ser só a mamãe, remexendo-se durante o sono.

Halmoni pressiona os lábios na minha cabeça e suas palavras se confundem conforme ela vai entrando no mundo dos sonhos.

— Eles estão me caçando agora. Não param de caçar.

9

Meus sonhos são repletos de tigres. Quando acordo, na manhã seguinte, fico deitada ao lado de minha halmoni adormecida, pensando em sua história. Várias perguntas passam pela minha cabeça.

Quais histórias será que ela roubou? Estou curiosa, e uma parte de mim quer ouvi-las, mesmo que sejam perigosas.

Mas tenho perguntas mais importantes, tais como: será que vi mesmo um tigre? Se sim, tenho certeza de que é ele que está caçando a Halmoni.

Temos que fazer alguma coisa a respeito. Não podemos ficar à espera dele. Precisamos de um plano para nos protegermos.

Não há a menor chance de voltar a dormir, por isso desço da cama, saio do quarto dela e vou para a sala de estar.

As nuvens bloqueiam o sol lá fora, pintando a casa de cinza, e a sala está tão silenciosa que fico surpresa ao encontrar mamãe sentada no sofá.

Ela está meio de lado para mim, com o corpo curvado sobre uma caneca de café pela metade. O vapor dança e flutua para beijar seu rosto, mas ela nem repara nisso.

De repente, eu me dou conta de que faz muito tempo que não vejo mamãe tão *quieta*. Ela está sempre em movimento. Sinto que captei um momento precioso. Fico com vontade de guardá-lo no meu coração.

Ela está olhando pela janela da sala, mas não há nada para ver ali além dos contornos difusos das árvores e algumas casas ao longe.

Dou um passo em direção a ela e o piso começa a ranger.

Ela se sobressalta. O café quente espirra na caneca, quase transbordando.

— Lily! Você me deu um susto. É tão silenciosa, sempre me pega de surpresa.

— Ah! — exclamo. Não tive a intenção de apanhá-la de surpresa. — Desculpa.

Ela apenas dá um sorriso.

— Como você está? Dormiu bem?

A resposta seria complicada demais, por isso apenas confirmo com a cabeça.

Acho que o aceno é o suficiente para mamãe, pois ela não insiste. Coloca a caneca na mesinha de centro e se levanta — e então vejo que ela está arrumada, de camisa e calças sociais.

— Você está com fome? — pergunta.

— Não — respondo. — Que roupas são essas?

— Tenho uma entrevista de emprego hoje de manhã — explica, andando pela cozinha.

Só estamos aqui há uma noite. A maioria das mães ia preferir se acomodar e desfazer as malas, mas é claro que minha mãe já tinha uma entrevista marcada. Ela trabalhava como contadora na Califórnia — e trabalhava até demais.

— Mas tenho tempo de preparar alguma coisa para você — continua mamãe. — É melhor comer logo. Que tal os bolinhos de arroz que sobraram de ontem?

— Não, obrigada — respondo. — Para falar a verdade, eu estava pensando em...

— Tem certeza? — pergunta. — Ficam tão gostosos requentados. Já te contei que Halmoni vendia bolinhos de arroz quando nos mudamos para cá? Todo mundo os adorava.

Dou um passo em frente.

— Sério? — Mamãe raramente falava sobre sua infância.

— E que tal um chá? Quer um chá? Posso fazer para você. — Mamãe abre um armário e se detém, com a mão pairando no ar. — Ah, sim. Halmoni passou as canecas para o outro lado. Antes era diferente. — Ela pega uma caneca de seu novo lar e começa a fazer um bule de chá, apesar de eu não querer nada. Não gosto de chá.

— Mãe... — digo hesitante, tentando parecer casual. — Halmoni costumava te contar histórias quando você era pequena? Histórias que pareciam impossíveis?

Mamãe franze a testa.

— Ah, sei lá. Talvez. Mas nunca gostei tanto de ler como você. Gostava mais de sair para brincar, então não tinha muita paciência para histórias.

— Ah. — Volto a ter aquela sensação de que há algo errado comigo, mas deixo para lá. — Mas ela já te contou alguma história sobre a infância dela e tudo o mais?

Os olhos de mamãe ficam distantes, como quando ela estava olhando pela janela.

— Ela nunca falava sobre o tempo que viveu na Coreia. Sei que cresceu pobre, numa aldeia rural a quilômetros de Seul. Sei que morava sozinha com sua própria halmoni. E sei que sua mãe se mudou para os Estados Unidos quando ela era bem pequena. Halmoni a procurou quando ela mesma se mudou para cá, quando eu era apenas um bebê, mas acho que nunca conseguiu encontrá-la.

— Eu estava falando de... — Mas como é que posso explicar? *Você já encontrou estrelas escondidas em potes? Os tigres já perseguiram você?* — Deixa para lá.

Mamãe respira fundo e coloca um sorriso no rosto.

— Enfim, você devia conhecer as crianças da vizinhança. Tenho alguns amigos de escola com filhos da sua idade. Posso arranjar uma hora de brincadeiras. — Mamãe sempre faz isso quando quer mudar de assunto; desvia a conversa do nada e age como se estivéssemos conversando sobre isso o tempo todo.

Não me dou ao trabalho de explicar a ela que a "hora de brincadeiras" já perdeu a validade uns seis anos atrás. Nem como é difícil fazer amigos.

Para certas pessoas, os amigos simplesmente grudam a elas. Como Sam. Embora possa ser maldosa às vezes, ela sempre tem uma nuvem de pessoas ao seu redor. Sam tem milhões de mensagens de texto para responder. Mas eu nunca fui uma pessoa grudenta.

Tive algumas amigas e um grupo de garotas com quem andava por um tempo. Sam dizia que elas também eram GATS — garotas asiáticas tímidas, assim como eu —, mas todas acabaram se distanciando de mim. Não foram maldosas nem nada do tipo, mas se esqueciam de me convidar para as coisas. Como se tivessem esquecido que eu existia.

Eles não grudaram em mim.

E acho que não faz mal. É só a minha capa de invisibilidade.

— Vou para a entrevista agora — diz mamãe. — Mas você devia sair de casa. Tomar um ar fresco. Quem sabe ir à biblioteca? Pode conhecer outros jovens leitores lá. Você adora bibliotecas.

Até que gosto de bibliotecas. Mas não sei de onde ela tirou a ideia de que as *amo*, ainda mais quando odiava a que fica do outro lado da rua.

Quando era pequena, eu me recusava a entrar. Ficava sentada na escada enquanto mamãe e Sam iam lá dentro e esperava que elas trouxessem livros ilustrados para mim.

Mamãe não entendia por que eu tinha tanto medo, pois a biblioteca parecia uma casinha fofa, situada bem em frente à floresta. Os caixilhos das portas e janelas eram pintados com estampas coloridas e vibrantes.

Mas eu dizia a ela: "Parece a casa de biscoitos de gengibre de *João e Maria*."

Acho que ela se esqueceu disso.

Sinto uma pontada de aborrecimento, mas a reprimo.

— É, tá bom.

Mamãe parece aliviada.

— Que maravilha, Lily. Você é incrível. Já te disse que você é incrível? — Ela coloca o chá na minha frente e bagunça meu cabelo. — Divirta-se na biblioteca, viu?

Ela sai, batendo a porta da frente atrás de si, e eu tomo um gole do chá que nem quero beber. Queima minha língua e tem gosto de terra, mas bota fogo na minha garganta e me faz acordar.

E fico com raiva. Às vezes, é como se ela tivesse uma outra Lily na cabeça. Um Quase Eu que não corresponde ao meu Verdadeiro Eu.

Eu não *gosto* de chá. Não *amo* bibliotecas. E se eu não for incrível? Como é que ela vai saber? Nem sequer presta atenção em mim.

Levanto-me para despejar o chá na pia, e o redemoinho da água marrom me deixa animada. Parece imprudente e um desperdício, mas no bom sentido.

Então largo a caneca, mas com força demais. Ela se quebra.

Por alguns instantes, fico olhando para a rachadura e alguma coisa se abre dentro de mim — algo grande e escancarado, um buraco negro que é assustador demais para se encarar.

Tão rápido quanto surgiu, minha raiva se esvai. Não sei o que deu em mim. Pego a caneca e a enfio bem no fundo da lixeira, onde ninguém vai encontrá-la.

Em seguida, visto uma calça jeans, uma camiseta listrada e faço uma trança nos cabelos sem me preocupar em penteá-los. Visto a capa de chuva e atravesso a rua em direção à biblioteca.

Não sou mais uma garotinha. Não tenho medo de *João e Maria*. Nem de contos de fadas.

Também não acho que encontrarei algum "jovem leitor" lá, mas talvez faça uma pesquisa.

Se um tigre estiver caçando minha avó, vou encontrar uma maneira de nos proteger.

10

Os degraus que levam à biblioteca estão cheios de rachaduras, as janelas são coloridas e o telhado é meio afundado, como se estivesse cansado. É difícil acreditar que esta é a mesma biblioteca que, com seu ar de casinha de biscoito de gengibre, me aterrorizava quando eu era mais nova. Toda aquela magia sumiu.

Quando chego à porta, puxo uma vez, depois outra, e justamente quando começo a me perguntar se está trancada, a construção finalmente me deixa entrar. O cheiro de mofo toma conta do lugar, mas ao menos está quente.

Um senhor, sentado à recepção, ergue os olhos de um computador velho. Ele usa óculos finos, com armação de arame, que ficam sobre a ponta do nariz, e tem um bigode grosso e branco que se agita entre as bochechas rosadas. Se não estivesse tão carrancudo, até se pareceria com o Papai Noel.

— Posso ajudá-la? — pergunta de um jeito que diz que não quer me ajudar coisa nenhuma. Então cruza os braços sobre o peito, amassando o suéter de tricô.

Nada de Bruxa Má, mas um Papai Noel rabugento chega bem perto disso.

— Não, tudo bem — digo a ele. — Só estou olhando.

Ele fica me encarando, e eu não sei muito bem o que fazer. Por um instante, imagino se não posso entrar na biblioteca. Mas isso é ridículo. Afinal, é uma *biblioteca.*

— Você tem um cartão? — pergunta ele.

No início, não entendo bem o que ele quer dizer com isso.

— Ah, sim. Um cartão de biblioteca. Hum... não.

Vou até sua mesa, apesar de o senhor me assustar um pouco. Ele franze as sobrancelhas grossas e fica esperando alguma coisa, mas não sei do que é que ele precisa.

— Meu nome é Lily — digo a ele. — Lily Reeves? Minha *hal*... minha avó mora do outro lado da rua. Estou morando com ela agora.

Ele arqueia a sobrancelha e acena com a cabeça, talvez em sinal de aprovação. Continua carrancudo, mas nem tanto.

— Você é a neta de Ae-Cha — confirma ele. — Vou colocar seu cartão na conta dela.

Agradeço enquanto ele digita minhas informações no teclado barulhento.

— Boa mulher — diz ele depois de alguns instantes. — Foi um choque para a cidade quando ela se mudou para cá, com certeza. Mas devo muito a ela. E a Joan... sua mãe? Ela a seguia por toda a parte.

— Ah — exclamo. Não sei por que ele deveria algo a ela. Também não tenho certeza sobre mamãe seguir Halmoni por toda parte. Tento imaginar a cena, mas não consigo. As duas são muito diferentes.

Ele escaneia um cartão vermelho da biblioteca e o entrega para mim.

— Então, até mais.

— Ah — repito, pegando o cartão e guardando-o no bolso. — Hum, na verdade, será que você tem algum livro sobre tigres?

Ele franze a testa, virando-se para o computador.

— É um projeto escolar de férias? Ou um interesse pessoal?

— Pessoal? — balbucio a palavra em tom de pergunta.

Ele resmunga.

— É raro as crianças usarem a biblioteca hoje em dia. Acham que podem encontrar tudo na internet.

— É — digo, pois não sei de que outro jeito responder. Acho que a maioria das Crianças de Hoje em Dia não tem um tigre mágico caçando a avó, pois não creio que procurar no Google por *tigre mágico do mal* traria bons resultados.

Alguém bufa atrás de mim, eu me viro e vejo uma garota mais ou menos da idade de Sam, com pele escura, sardas e cabelos cacheados, empurrando um carrinho de biblioteca vazio.

— Joe, você está dando o sermão sobre as *crianças-de--hoje-em-dia* para essa pobre menina?

— Não estou errado — retruca o bibliotecário Joe.

A garota balança a cabeça para Joe e estende a mão para mim.

— Olá! Bem-vinda à biblioteca mundialmente famosa de Sunbeam! Meu nome é Jensen.

Ao segurar a mão dela, sinto seu aperto forte e quente. As sardas nas maçãs de seu rosto parecem dançar quando ela sorri. Halmoni costuma dizer que sardas dão sorte.

— Essa é a Jensen — acrescenta Joe, desnecessariamente. — Ela é minha funcionária.

Jensen dá uma risada.

— Que apresentação mais eloquente! Agora que você já sabe de tudo que há para saber sobre mim, qual é o seu nome?

— Lily — digo a ela.

Ela abre um sorriso.

— Bem, Lily, é um prazer conhecer você. Já esteve aqui antes?

Faço que não com a cabeça e o sorriso dela fica ainda maior.

— Ah, bacana. Para ser sincera, a maioria dos moradores da cidade nunca veio aqui. Estamos procurando alguma maneira de dar mais vida a este lugar. Lembrar às pessoas que existimos e tal, mas, bem, quem é que sabe? — Ela dá de ombros, então se debruça sobre a mesa de Joe para ler a tela do computador. — Tigres. Bacana. Venha comigo, vou te dar uma visita guiada e mostrar a seção de vida selvagem.

Joe volta para o computador e eu sigo Jensen por entre as pilhas de livros.

— Alerta de spoiler: a biblioteca é bem pequena, então a visita não vai demorar muito. — Jensen ri. A garota é boa de sorrisos e ainda mais de risadas.

Conforme percorremos os corredores, eu me lembro do porão de Halmoni. Antes de passar todas as caixas e armários para o andar de cima, eles formavam um labirinto de lembranças. Respiro fundo.

Jensen se vira para mim.

— Você é nova na cidade?

Digo a ela que vim morar com Halmoni e a garota sorri.

— Conheço a sua avó. Todo mundo é apaixonado por ela.

— Sério?

Ela inclina a cabeça, parecendo meio confusa.

— Ora, mas é claro. Ela é, tipo, supersimpática e interessante, e usa umas roupas muito bacanas.

Fico toda orgulhosa, pois *é claro* que todo mundo é apaixonado por Halmoni. É bom *mesmo* que sejam apaixonados por ela.

Mas, ao mesmo tempo, sinto um aperto esquisito no peito. Não sei nada sobre a vida de Halmoni em Sunbeam. Além dos meus primeiros anos de vida ali, só a conheci na Califórnia. E, na Califórnia, ela estava lá só para nós. Ela era *nossa*.

O ciúme que surge me assusta — igual à raiva de mamãe hoje de manhã. Não gosto disso. São sentimentos que eu não deveria ter.

Volto a prestar atenção em Jensen, que continua falando:

— Dou aulas particulares de literatura para o ensino médio. Se estiver precisando de ajuda, é só me avisar.

Minha voz falha como acontece toda vez que falo com estranhos.

— Ah, tá bom. Obrigada.

A visita termina em uma salinha nos fundos da biblioteca. Lá dentro, vejo um frigobar, um armário, duas cadeiras e a porta dos fundos. Na parede junto à porta há um pôster desbotado de um gato pendurado em uma árvore, com as palavras AGUENTA FIRME escritas em letras brancas. Não sei quem colocou aquilo ali, mas tenho certeza de que não foi o Joe.

— Aqui é a sala dos funcionários — explica Jensen —, mas sempre digo aos meus alunos para virem aqui. A sala é cheia de doces, e todo mundo precisa de um pouco de açúcar.

Ela pega um cupcake de chocolate no frigobar e me dá.

Em um piscar de olhos, meu medo de infância volta com força total — João e Maria foram atraídos por doces. Mas logo me livro do pânico, agradeço a ela e aceito o cupcake.

Jensen se debruça sobre mim e abaixa a voz.

— Vou te contar um segredo: foi Joe quem fez.

Arqueio as sobrancelhas, e ela dá uma risada.

— É, eu sei! — exclama ela. — Ele não tem a menor cara de confeiteiro. Mas não o julgue mal. Ele não é tão ruim assim depois que você o conhece. Costumo dizer que Joe é, tipo, uma metáfora dessa cidade. Meio chato por fora, mas maravilhoso quando você o conhece um pouco mais.

Tenho a impressão de que Jensen é o que mamãe chama de *otimista incansável*, mas sua felicidade é contagiante. Sorrio e dou uma mordida, e o chocolate aquece meu corpo inteiro.

— É tão gostoso — digo a ela. Por algum motivo, o cupcake me faz lembrar dos bolinhos de arroz de Halmoni, apesar de o gosto ser completamente diferente. — Ele podia até vendê-los.

Ela me lança um olhar esquisito, e eu fico envergonhada. Não sei por que disse aquilo. Halmoni vendia os bolinhos de arroz, mas fazia isso porque precisava de dinheiro quando se mudou para cá.

Jensen abre um sorriso.

— É uma ideia brilhante, Lily.

— Ah, tá bom — digo. Não sei se ela está falando sério ou apenas sendo gentil.

— Enfim — continua ela —, fique à vontade para roubar alguns sempre que vier à biblioteca. E espero mesmo que você volte. É meio solitário por aqui.

Gosto de Jensen. É mais simpática do que eu achava que os adolescentes poderiam ser. Ela é basicamente o oposto de Sam. E não sei muito bem *o que* ela vê quando olha para mim, mas sei que ela me vê — o que é bom e também um tanto perturbador.

Jensen me leva até a seção de vida selvagem, e eu folheio a seleção a respeito de tigres. É bem desanimadora: *102 fatos sobre tigres!* e MAIS *102 fatos sobre tigres!*

Passo os olhos pelos livros, procurando qualquer informação que possa me ajudar — algo do tipo: *Existe uma certa raça de tigre que consegue desaparecer num passe de mágica!* Ou: *Se um tigre está caçando sua avó, veja como impedi-lo!*

Mas só encontro o seguinte:

- Os caninos de um tigre podem cortar seus ossos!
- Se você olhar um tigre nos olhos, é menos provável que ele te ataque — mas tome cuidado!
- O rugido do tigre tem uma frequência tão baixa que pode paralisar você!

Empurro os livros de volta para a estante. Não é disso que preciso e não me ajudou imaginar como é ser caçada por um tigre.

— Na verdade — engulo em seco, nervosa —, você tem algum livro de histórias sobre tigres?

Jensen enrola um cacho no dedo.

— Bem, temos os livros de Nárnia. Mas acho que é sobre um leão... Você tem alguma história em mente? Talvez possa me dar uma boa ideia do seu gosto.

É óbvio não posso contar a ela sobre o tigre mágico e as estrelas roubadas, mas posso contar a história original de Halmoni.

Dou o resumo mais curto possível.

— Bem, existe uma história sobre um tigre que come, hã, uma avó e depois se veste com as roupas dela e tenta comer suas netas. Então ele as persegue e...

— É igual a *Chapeuzinho Vermelho*! — exclama Jensen.

— Não, não é um lobo — retruco. — E essa história é da Coreia.

Ela passa o dedo pelas lombadas dos livros, distraída.

— Nunca ouvi a versão coreana. Não é interessante? Há versões diferentes de certos contos de fadas em todo o mundo... mesmo em lugares distantes. Mas as histórias são basicamente as mesmas.

Fico com vontade de explicar que aquela história é completamente diferente. Que é uma história sobre irmãs, o sol, a lua e um tigre. É especial.

Mas Jensen continua:

— É como se os contos populares tivessem vontade própria. Como se pairassem pelo mundo, à espera que alguém apareça e os conte.

Sinto um frio na barriga. Imagino que as histórias que Halmoni roubou estejam vivas, trancadas em algum lugar, loucas para escapar.

— Pois é — sussurro.

— Mas duvido muito que haja um livro de contos populares coreanos na biblioteca. — Ela arqueia a sobrancelha. — Para ser sincera, essa cidade é tão branca que vai ser difícil encontrar muita coisa sobre outras culturas. Tipo, às vezes pego turnos de garçonete no único restaurante asiático da cidade. Você conhece o Dragon Thyme? E eu sei que é um nome bem cafona e que não se usa tomilho na comida asiática, mas essa é a cidade em que moramos... — Ela limpa a garganta. — Enfim, vou pedir ao Joe para encomendar um livro de contos populares coreanos. Dependendo do orçamento...

Paro de prestar atenção nela porque, com o canto do olho, vejo o movimento de uma cauda de tigre — um vislumbre laranja e preto que desaparece no corredor ao lado.

Meu coração começa a palpitar.

O superpoder das meninas invisíveis é se esconder, sumir. Ficar longe de encrencas. É nisso que sou boa.

Fuja, digo a mim mesma. *Esconda-se.*

Porém, minhas pernas me ignoram. Já estou descendo o corredor enquanto gaguejo para Jensen:

— Na verdade, acho que... hã... tem um livro. Bem ali!

Persigo o tigre, serpenteando pelos corredores e seguindo os vislumbres de sua cauda... até esbarrar em um borrão preto e laranja.

11

Não é um tigre. É um menino.

Um menino branco e baixinho, vestido com uma camiseta laranja, calças jeans pretas e boina à moda antiga sobre os cabelos castanhos e desgrenhados.

— Desculpa! — deixo escapar. Olho por cima do ombro dele. Podia jurar que tinha visto uma cauda de tigre, mas não há nada ali. Estamos parados em um dos corredores, cercados por histórias em quadrinhos.

O menino dá uma risada e tira a boina.

— Olá, meu nome é Ricky. *Eu* é que me desculpo por termos nos conhecido no meio de uma colisão.

Antes que eu possa responder, ele grita para Jensen, que vem correndo atrás de mim.

— Oi, Jensen! Sabe que *corri* até aqui do estacionamento onde meu pai me deixou? Sei que você odeia quando chego atrasado. — Ele enxuga as gotas de suor do lábio superior para causar um efeito dramático. — Foi muita consideração da minha parte, é o que quero dizer.

Jensen dá um suspiro.

— Ricky, por favor, fale baixo.

Quando Ricky sorri, aparecem ruguinhas nos cantos de seus olhos e covinhas em suas bochechas redondas. Percebo que ele é uma daquelas pessoas grudentas, pois gosto dele imediatamente.

Ele se volta para mim.

— Olá, quem é você, qual é a sua história e o que está fazendo nesta bibliotecazinha triste?

— Meu nome é Lily — respondo, e então minha mente fica em branco. Ele fica olhando para mim, à espera de mais informações, e eu adoraria que minha capa de invisibilidade entrasse em ação agora mesmo.

Jensen vem ao meu socorro.

— Lily acabou de se mudar para a casa da avó, bem do outro lado da rua.

Ela aponta para Ricky e acrescenta:

— Lily, esse é o Ricky, um dos meus alunos de verão. Temos aulas todas as terças e quintas. — Ela se vira para Ricky e diz: — E a biblioteca não é *triste*. Só está meio decadente.

— Ela vai ter aulas comigo? — Ricky pergunta a Jensen, como se eu não estivesse ali. Tenho a mesma sensação que costumo sentir com mamãe e Sam; que estou atrapalhando ou me deparei com uma conversa da qual não faço parte. Ou, nesse caso, esbarrei nela.

Enterro a ponta dos pés no chão.

— Não, só estou procurando alguns livros.

Ele arregala os olhos e se vira para as estantes de quadrinhos.

— Você também gosta de quadrinhos? Eu adoro! Agora estou lendo as histórias originais do *Super-Homem*. Bem, pelo menos as revistas que Joe tem aqui. Sei que muita gente acha que o Super-Homem não é legal. E não estou dizendo que é meu super-herói preferido. Mas ele é canônico, sabe?

— Sim, ele é... — Faço uma pausa, tentando pensar em algo para continuar a conversa, qualquer coisa que eu saiba sobre o Super-Homem. Não consigo me lembrar de nada

Por sorte, Jensen entra na conversa.

— Lily gosta de tigres e está procurando livros sobre o assunto — diz a ele. O que é meio embaraçoso. Fico com vontade de corrigi-la: não *gosto* de tigres. Mas dou de ombros e forço um sorriso.

Ricky volta a sorrir.

— Uau. Nunca conheci uma garota que gostasse de tigres.

— Bem... pois é. — Se eu fosse mais parecida com Sam, diria a ele que os meninos não são os únicos que podem gostar de tigres. Mas não digo nada. Só preferiria voltar a falar sobre quadrinhos.

— Quer dizer, não que muitas meninas falem comigo — continua ele, sem se dar conta de qualquer constrangimento. — Mas os tigres são da hora. São, tipo, tão esguios e elegantes, mas de um jeito cruel.

Não quero ficar pensando sobre como os tigres são cruéis.

— Não se pode confiar em um tigre — digo.

Ricky balança a cabeça devagarinho.

— Não se pode confiar em um tigre — repete, como se eu tivesse dito algo fascinante que valesse a pena memorizar. — Gostei disso. Meu bisavô era um caçador de tigres. Mas isso é muito ruim, porque os tigres estão em perigo de extinção e agora a caça é ilegal, por isso meu pai não quer que eu conte a ninguém. — Ele faz uma pausa. — Quero dizer...

— Ok, já chega de enrolação por hoje — diz Jensen. — Vamos aos estudos, Ricky.

Ela o arrasta dali, e eu fico sozinha no corredor, com a cabeça a mil.

Talvez só tenha imaginado coisas, mas acho que não. O tigre estava ali. Tenho *certeza*.

O que será que aconteceria se Ricky não tivesse esbarrado em mim? O que aconteceria se eu o tivesse apanhado?

Um tigre mágico, esguio, elegante e cruel está caçando a minha família, e *eu fui atrás dele*.

Não sei se isso foi incrivelmente corajoso ou incrivelmente perigoso. Talvez um pouco das duas coisas.

12

Na tarde seguinte, mamãe está em outra entrevista e Halmoni tira uma soneca durante o almoço — o que é raro, pois, embora Halmoni adore dormir, ela gosta ainda mais de comer.

Sam está lá em cima, no computador, e eu não tenho nada para fazer a não ser comer chocolates com pasta de amendoim, andar de um lado para o outro e pensar no tigre.

Eis o que sei até agora:

1. O tigre encontrou Halmoni. Bem, ele encontrou a *mim*, o que quer dizer que logo vai encontrar Halmoni também.
2. Os tigres são determinados. Ele quer as histórias de volta e fará tudo o que for preciso para recuperá-las. O kosa devia ter mantido o tigre longe de mim, mas eu o vi na biblioteca, então é óbvio que não funcionou.
3. Precisamos de mais proteção e, embora falar sobre o tigre incomode a Halmoni, preciso contar a ela.

Quando não aguento mais ficar andando de um lado para o outro, entro de fininho no quarto de Halmoni. A poeira dança no ar, refletindo a claridade que vem da janela, e a luz enevoada do lado de fora torna o ambiente nebuloso. Parece que entrei em um mundo à parte, um miniuniverso preso no tempo.

Afasto as cobertas e sacudo minha avó com delicadeza para acordá-la.

— Halmoni — sussurro. — Halmoni, acorda.

Ela resmunga e se vira na cama, então eu a sacudo outra vez. Agora com mais força. Talvez até demais.

Ela abre os olhos.

— Lily Bean? — murmura. — Você está com fome?

— Na verdade, não — respondo. Para ser sincera, estou com a barriga cheia de chocolate com pasta de amendoim.

Ela sai da cama; devagar e com cuidado, como se estivesse saindo da areia movediça. Sentada na beira do colchão, Halmoni se espreguiça e quase consigo ver o sono saindo de seu corpo.

Ela parece fraca.

— Halmoni — disparo, deixando as perguntas sobre o tigre de lado por um instante —, a virose já passou? Tem certeza de que você está bem?

— Eu estou ótima. Minha família está aqui. É tudo que eu sempre quis. — Ela sorri, mas as palavras saem vacilantes. — Pare de se preocupar.

— Por falar em preocupação… — Puxo uma das minhas tranças. — Acho que precisamos de mais proteção além do kosa. Vi o tigre de novo.

Por um segundo, o medo se acende nos olhos de Halmoni. Mas ela logo fecha os olhos e balança a cabeça. Quando volta a abri-los, está calma e sorridente.

Halmoni abre a gaveta da mesinha de cabeceira e pega um feixe de ervas secas. Então quebra um pedaço e coloca na minha mão.

— Para você. Isso te deixa segura, viu? Por isso, não se preocupe mais.

Olho para a planta murcha e depois para ela.

— O que é isso?

— É artemísia — explica. — Eu como como remédio, mas você não. Você guarda nos bolsos, e ela vai te proteger.

Agradeço e guardo a erva onde ela mandou.

— E isso… — Ela hesita antes de colocar a mão atrás do pescoço e soltar o colar. A corrente de prata com o pingente de pérola; seu colar especial, aquele que ela usa todos os dias e que esfrega entre os dedos quando tenta encontrar as palavras certas em inglês. — Isso também ajuda. Você usa para proteção e ele a mantém a salvo.

Sinto minha pulsação por todo o corpo quando ela coloca o colar em volta do meu pescoço. É mais pesado do que parece.

— Mas isso é seu — digo.

— Sim, e agora é seu.

Pressiono a palma da mão contra o pingente. É mais quente do que eu esperava. Aquece meu peito e gosto do seu peso sobre meu coração.

— Ele protegeu você de verdade?

— Eu estou aqui, não estou?

Aperto a pérola entre os dedos e ela parece vibrar de energia.

— Mas e quanto a você? Não precisa de proteção? Os tigres estão à caça.

Ela sorri, mas não é o sorriso habitual de Halmoni. Não chega aos olhos dela.

— Eu fico segura, Lily. Não estou preocupada.

Não tenho tanta certeza assim, e quando Halmoni vê isso nos meus olhos, ela diz:

— Tá bom, vamos à mercearia. Vamos arranjar *mais* proteção, uma ajuda extra contra os maus espíritos. Comprar pinhões para tostar e arroz para espalhar na lua cheia. Além disso, preciso de ingredientes frescos para os bolinhos de arroz.

Dou um sorriso, sentindo-me bem melhor.

Ela se aproxima mais de mim.

— E vou comprar suas guloseimas favoritas, porque sou a melhor de todas. — Ela faz uma pausa. — Bem, sua mãe é a melhor. Mas... eu sou a *melhor* das melhores.

Dou uma risada.

— É, sim.

Ela arqueia a sobrancelha.

— Agora vá dizer a Sam.

Depois que digo para Sam descer e conto para onde vamos, ela se apoia na mesa de jantar e cruza os braços.

— É uma má ideia. Mamãe não te disse que você não devia dirigir?

Halmoni desvia o olhar, e eu fico com vontade de dar um beliscão na minha irmã. Sam é um buraco negro para a felicidade.

— *Você* pode dirigir se quiser — digo a Sam.

Ela se encolhe.

— Não sei, não… — Ela *pode* dirigir. Já tem permissão para isso e Halmoni tem carteira de motorista. Mamãe sempre insiste para Sam praticar a direção.

Mas é claro que ela não pratica. Sam teve duas aulas com o instrutor da autoescola e se recusou a sentar atrás do volante depois disso. Nada de ruim aconteceu, mas ela não quer fazer isso por causa do acidente de carro do papai.

Halmoni pressiona a palma da mão na bochecha de Sam.

— Só se vive uma vez. Vamos agora. Nós ficamos bem.

Sam puxa sua mecha branca.

— Mas a mamãe disse…

Halmoni estala a língua em desaprovação.

— Sua mãe não sabe o que diz. Eu estou bem.

Sam parece hesitante, o que é ridículo, pois ela nunca se importa com o que mamãe diz.

— Você pode ficar aqui — digo a ela.

Há um lampejo de mágoa em seus olhos, seguido de aborrecimento.

— Não. Eu também vou — diz.

Halmoni bate palmas.

— Boas garotas! Vou botar umas roupas extravagantes.

Sam franze a testa.

— Para quê?

— Mercearia — responde Halmoni antes de sumir dentro do quarto.

Sam balança a cabeça, mas um sorrisinho surge em seus lábios. Também fico contente. É típico de Halmoni. Estranho é o normal dela. E não preciso me preocupar. Com uma das mãos, acaricio a artemísia que tenho no bolso.

Com a outra, seguro o pingente. Vai ficar tudo bem. Tenho certeza.

***

Chegamos à mercearia com uma listinha:

Para comer:

- farinha de mochi, para os bolinhos de arroz
- ervilhas com wasabi, para a mamãe
- biscoitos Happy Nut, para Sam
- chocolate com pasta de amendoim, para Lily

Para mais proteção:

- arroz de cinco grãos, para espalhar na floresta
- pinhões, para tostar na lua cheia

Diversos:

- sabão em pó

Sam arqueia a sobrancelha ao ver a categoria de proteção, mas não diz nada.

— Temos que sair daqui em meia hora, pois a chuva já vem — diz Halmoni.

Sam franze a testa.

— Hoje não vai chover. O aplicativo de previsão do tempo diz que há zero por cento de chance.

Halmoni dá um tapinha na cabeça de Sam.

— Meia hora.

— Tudo bem — digo. — Não vamos demorar muito.

Estou prestes a ir até o corredor de leguminosas quando uma mulher de cabelos ruivos e cacheados corre até nós.

— Vocês devem ser as netas! — berra ela. Fico preocupada que a mulher comece a beliscar nossas bochechas, mas ela se contém.

Halmoni fica toda sorridente.

— São minhas pequeninas.

— Sua avó é o máximo! — exclama a mulher para mim e Sam. — Curou a minha asma com as ervas dela.

Sam dá um passinho para trás.

— Que bacana.

A mulher fica conversando com Halmoni por algum tempo e, quando finalmente vai embora, um homem careca nos conta que Halmoni o fazia rir mesmo depois do divórcio. Em seguida, uma senhora nos diz que costuma jogar cartas com Halmoni.

É muita coisa para assimilar, ainda mais quando estou em uma missão de busca por proteção.

Halmoni apresenta Sam e eu a todo mundo que encontra, e todos nos dizem que somos bonitas e fofas. Tento me lembrar das pessoas, mas os nomes me escapam e seus rostos se confundem na minha cabeça.

Halmoni é tão popular. Todo mundo a conhece. Todo mundo é apaixonado por ela. E eu não faço a menor ideia de quem é essa gente toda.

Depois de uns vinte minutos, Sam me puxa para o corredor de cereais para nos escondermos ali.

— Halmoni nos enganou — diz. — Não é uma simples ida à mercearia. E, sim, um *evento*.

— Ela conhece todo mundo — comento.

— Sim, o que explica as roupas bonitas — concorda Sam, abrindo um sorriso.

— Halmoni tem um monte de amigos — digo, conferindo a lista. — Acho que não há mal nenhum em esperar por ela.

Sam se senta no chão.

— Há tanta gente que não conhecemos. E todos têm uma história sobre ela. É como se ela tivesse uma vida secreta.

Junto-me a ela no chão de azulejos e me encosto nas caixas de cereal de milho da marca da loja. Não digo nada, mas Sam sabe que concordo com ela. Nossa telepatia de irmãs não sumiu por completo.

Cutuco a costura da calça jeans.

— Por falar em histórias... — Fico esperando que Sam revire os olhos, mas como ela não faz isso, sigo em frente: — Halmoni me contou uma história esquisita que eu nunca tinha ouvido. Sobre tigres.

Sam arqueia a sobrancelha, em um gesto silencioso de: *Conte-me mais*.

Respiro fundo.

— Lembra que Halmoni sempre dizia que as estrelas eram feitas de histórias? Bem, parece que é verdade. Os tigres costumavam protegê-las. Mas Halmoni *roubou* algumas estrelas e as escondeu em potes ou algo do tipo. E agora os tigres estão zangados.

Sam franze a testa.

— Que história mais esquisita, Lily. Halmoni é maluca.

— Ela não é maluca. Não fale assim. Enfim, ela me disse...

— Quando foi que ela te contou tudo isso?

— Na noite em que chegamos aqui, mas...

Ela olha para o pingente em volta do meu pescoço.

— E quando foi que ela te deu *isso* aí?

Automaticamente, minha mão voa até o peito para cobrir o colar; como se fosse algo a esconder.

— Agora mesmo, pouco antes de sairmos de casa. Ela estava falando sobre diferentes tipos de proteção.

Sam desamarra e volta a amarrar os cadarços dos tênis sem nenhum motivo.

— Não sei por que ela nunca fala comigo sobre essas coisas.

Não sabia que Sam *queria* que Halmoni contasse essas coisas para ela.

Por um segundo, penso em contar tudo a Sam — sobre ter visto um tigre que não devia existir. E sobre ter *ido atrás* daquele tigre, apesar de saber que era perigoso — e ainda não conseguir explicar por quê.

Mas então escuto uma voz familiar no corredor ao lado.

— E que tal se a gente fizer muffins ou cupcakes, ou algo do tipo? Podemos usar a receita da mamãe. Ou os rolinhos de canela que ela costumava fazer?

É Ricky.

Quando me levanto e encosto a orelha nas caixas de cereais, Sam me lança um olhar que diz: *Qual é o seu problema?*

Não sei como responder. Sei que é errado ficar escutando a conversa dos outros, mas, por algum motivo, não consigo me conter.

Talvez seja porque Ricky é grudento. Ou talvez porque eu seja uma fofoqueira. Ou talvez porque ele estava presente quando vi o tigre.

Ando na ponta dos pés até chegar ao final do corredor. Há uma pilha enorme de promoção de Sucrilhos — PAGUE UM, LEVE DOIS! —, e uso as centenas de caixas de cereais como escudo. Espio pela lateral.

Invisível, digo a mim mesma, invocando meu superpoder com todas as forças.

Ricky caminha pelo corredor com um homem que acredito ser seu pai, pois parece uma versão adulta do menino — os mesmos cabelos castanhos bagunçados, os mesmos grandes olhos azuis. Fico imaginando se o bisavô do Ricky também era assim. O caçador de tigres.

Sam franze a testa, confusa, e me segue até o final do corredor.

— Lily? — chama ela, mas eu peço para Sam se calar e minha irmã se junta a mim na espionagem.

— Quem é esse menino? — sussurra.

Balanço a cabeça para que ela fique quieta, mas Sam me cutuca nas costelas. Ela é incapaz de ser invisível.

— Eu o conheci na biblioteca — respondo bem baixinho.

Sam faz um som de *hum*, querendo dizer que sabe de alguma coisa que eu não sei, o que é bem irritante, mas eu a ignoro. Estou muito ocupada escutando a conversa dos outros.

— Connor *adora* essa receita — diz Ricky. Ele olha para o pai com um certo desespero, mas seu pai nem presta atenção. — Já te contei que uma vez ele comeu *quatro rolinhos inteiros*? Não, não foram só quatro. Uns seis, na verdade. Depois ficou todo enjoado e vomitou por todo o lado e…

— Ricky, fica quieto. — O pai de Ricky massageia as têmporas.

Tenho um péssimo pressentimento. É um momento familiar bastante constrangedor. É melhor cuidar da minha própria vida.

— A gente não devia... — murmura Sam, mas eu continuo observando a cena.

O pai de Ricky empurra um carrinho, examinando os enlatados, e o menino corre atrás dele.

— Mas, pai, tenho certeza de que já te contei essa história. Você se lembra? Foi quando estávamos no jogo de tiro a laser e...

— *Ricky!* — berra o pai dele, tão alto que Sam e eu nos afastamos das caixas de cereais.

Ricky olha para ele, com o rosto franco e cheio de esperança, como se não conseguisse perceber que o pai estava irritado.

— E eu dei um tiro bem no peito dele. Mas foi com o laser, então ele não sentiu nada, e depois...

— Por que você não *cala a boca*?

As palavras ecoam até mim. Sinto seu horror apertar meu peito com força.

Sam me puxa pela manga da camiseta.

— Vamos — sussurra.

Olho por cima de seu ombro e vejo Halmoni parada no final do corredor, com a cesta cheia, acenando para nós duas. Ela aponta para o relógio, faz uma mímica de marcha e depois de chuva. A mercearia já está quase vazia e ela está preocupada com o tempo.

Gaja, balbucia Halmoni. *Vamos embora.*

Mas não posso ir embora agora. Ficar é errado, mas partir seria pior. Chego mais perto, encostando-me nas caixas de Sucrilhos.

Vejo Ricky parar no meio do caminho, os lábios congelados no meio do sorriso, mas os olhos arregalados de dor. Aos poucos, seu sorriso desaparece e ele olha para os próprios pés.

Inclino o corpo para frente. Mal conheço o menino, mas já tive aquela sensação. Fico com vontade de estender a mão para ele e dizer: *Eu vejo você.*

Fico com vontade de…

Só que não dá mais tempo para fazer nada porque, de repente, começo a cair.

O expositor de papelão desaba e eu caio em cima dele, fico esparramada no chão, na frente de Ricky, do pai dele e do resto da mercearia; cercada por caixas de cereais.

— Ah, *cara!* — exclama Sam, afastando-se de mim como se o constrangimento fosse contagioso.

Halmoni aparece no corredor e vem na minha direção, mas ela não corre muito rápido, e eu fico deitada ali no chão.

Olho para Ricky e o pai dele, que olham de volta para mim, surpresos.

Ricky pestaneja.

— Eu te conheço.

— Aham — balbucio. Tento dar de ombros, como se dissesse: *Ah, oi, que coincidência encontrar você aqui!*, mas que sai mais como: *Eu estava espiando e ouvi seu pai mandar você calar a boca, e agora estou deitada numa montanha de cereais*.

— Você está bem? — pergunta o pai de Ricky, parecendo ao mesmo tempo sobressaltado e preocupado.

Concordo com a cabeça.

— Sim, tudo bem. Eu só estava... tentando decidir se queria cereal. Mas... acho que não... vou mais... comprar nada?

O sorriso de Ricky ressurge aos poucos. É o tipo de sorriso que parece perguntar: *O que é que ela está fazendo?*, mas já é alguma coisa.

Sam bufa. Mas que grosseria!

Eu me levanto e dou um pigarro.

— Tchau!

Estou pronta para fugir dali, mas Halmoni finalmente chega e me detém.

Ela passa a mão nos meus cabelos — que devem estar bem desgrenhados — e sorri para Ricky e o pai dele.

— Olá, meninos!

O pai de Ricky limpa a garganta.

— Olá, Ae-Cha.

Halmoni sorri para o pai de Ricky e aponta para as caixas de cereais.

— Você me ajuda a arrumar, por favor?

Ele dá um passo em frente e levanta o expositor de papelão, que volta a cair na mesma hora. Acho que esmagá-lo por completo acabou com sua capacidade de... ser um expositor.

— Desculpa — murmuro.

— Tudo bem — diz Halmoni. — Vamos fazer uma pilha.

Então Halmoni, Sam, Ricky, o pai dele e eu trabalhamos juntos, empilhando as caixas. É tão constrangedor. Fico com vontade de sumir. Eles não *sabem* que eu estava escutando a conversa, mas é bastante óbvio, não é?

Quando terminamos, Halmoni pousa a mão no ombro do pai de Ricky.

— Obrigada — diz ela. — É sempre bom ajudarmos uns aos outros quando precisamos. — Ela se volta para Ricky. — Viu só, eu tive dificuldade aqui e seu pai me ajudou. Às vezes, os pais e os avós também precisam de ajuda.

Sam e eu nos entreolhamos. Não é a hora certa para uma das lições de vida de Halmoni.

Halmoni se vira para o pai dele e diz:

— E quando Ricky tiver dificuldade, você o ajuda. Sempre nos lembramos de ajudar uns aos outros. Vocês dois são bons meninos e passam por momentos difíceis. Eu sei disso. Mas quando passamos por momentos difíceis, a gente se une, não se separa. Tá bom?

Halmoni brilha tanto com determinação como com bondade. É como se ela estivesse iluminada por dentro, como se tivesse estrelas acesas dentro de si.

E então eu me dou conta: ela sabe. Tem que saber. Não sei como é que ela conseguiu escutar a conversa deles, mas escutou.

Ricky e seu pai assentem, e o pai dele parece meio envergonhado. Acho que ele sabe que estava errado. Ricky olha para mim, e eu encolho os ombros como se não tivesse a menor ideia do que Halmoni está fazendo.

Mas, para falar a verdade, eu sei. Fiquei com vontade de dizer a Ricky: *Eu vejo você*, mas Halmoni está falando com o pai dele. Está dizendo a ele: *Eu vejo você e vejo como você* poderia *ser.*

Embora a determinação de Halmoni não tenha nada a ver com nosso plano de proteção aos tigres, não consigo deixar de pensar que era para eu ver aquilo. Faz parte da história dela.

13

Sam espera até estarmos no carro, voltando para casa, e então desata a rir.

— Não acredito que você *caiu* daquele jeito. Foi espetacular.

— Obrigada — digo com o sarcasmo que aprendi com ela.

Ela ri mais um pouco e eu balanço a cabeça, mas agora que tudo acabou já não parece tão ruim assim.

— E depois *Halmoni* — continua Sam, virando-se para Halmoni, que está curvada sobre o volante e apertando os olhos para a estrada adiante. Ela tinha razão. Começou a chover e, por causa do meu acidente com as caixas de cereais, fomos apanhadas pela chuva. Sinto-me mal, porque sei que Halmoni não queria dirigir na chuva. Mas está tudo bem. Não estamos muito longe de casa.

— Não acredito que você fez aqueles caras ajudarem e depois lhes deu um sermão daqueles! — exclama Sam.

Halmoni concorda com a cabeça.

— Quando alguma coisa errada acontece, você conserta.

Não sei dizer se a coisa errada foi eu ter derrubado as caixas, o que o pai do Ricky disse, ou talvez as duas coisas.

Sam dá de ombros.

— Tá certo. Mas sinceramente, aquele homem era um idiota. Você foi muito mais gentil do que ele merecia.

Halmoni olha para Sam e depois para mim, muito séria.

— Quando eu era bem pequena, antes de minha mãe ir embora, ela me disse uma coisa importante. "Ae-Cha, aprenda isso: todo mundo tem um lado bom e um lado mau. Mas, às vezes, as pessoas se concentram tanto nas histórias tristes e assustadoras da vida, que se esquecem do lado bom. Quando isso acontece, você não diz que elas são más. Isso só piora as coisas. Você as lembra do lado bom."

Reflito sobre o que ela acabou de dizer.

— É por isso que as histórias tristes são perigosas, Halmoni? Elas tornam as pessoas más?

Halmoni começa a responder, mas uma tosse rouba suas palavras e ela estremece.

Talvez seja só o reflexo das gotas de chuva que caem no para-brisa e a luz fraca do entardecer, mas reparo que ela está pálida. Sua pele parece manchada.

Ela estremece outra vez, e Sam olha para frente e para trás, entre Halmoni e a estrada, Halmoni e a estrada.

— Halmoni? — chama Sam. Ela coloca a mão no ombro de Halmoni e está prestes a dizer alguma coisa quando o carro também estremece. Sam se agarra ao apoio de braço. — Qual é o problema? Halmoni? Você está bem?

Halmoni não responde. Ela fica olhando fixamente para frente, balançando a cabeça de leve.

Sigo seu olhar... e vejo o tigre.

Ele está bem na nossa frente, com os olhos fixos em Halmoni. E o mais estranho: é como se não chovesse perto do tigre. Ele não se molha, como se houvesse uma bolha de proteção ao seu redor, onde a chuva se recusa a cair.

Viro-me para Halmoni e percebo que ela também está vendo o tigre.

— Agora não — murmura ela, olhando para frente. — Ainda não estou pronta.

Com o coração acelerado, enfio a mão no bolso para procurar a artemísia.

Halmoni desvia de repente. Os pneus derrapam na chuva e o cinto de segurança machuca meu ombro. O carro mergulha para a beira da estrada e Sam dá um grito, e acho que eu também. Quando finalmente paramos — assustadas e ofegantes —, não consigo nem enxergar direito.

— Halmoni? — chama Sam de novo, mas Halmoni começa a tossir descontroladamente. No espelho retrovisor, vejo o rosto de Halmoni todo enrugado como um caroço de ameixa azeda.

Em seguida, Halmoni entra em ação e não conseguimos detê-la a tempo. Ela abre a porta e cambaleia até o acostamento, segurando a barriga, toda curvada. Cai de joelhos no chão e seu corpo inteiro treme com a tosse.

Sam e eu saímos correndo do carro e eu olho ao redor, à procura do tigre, mas ele já sumiu.

Halmoni vomita na grama, e eu passo os braços em volta do peito.

Não é só uma virose à toa.

Fico na beira da estrada, debaixo da chuva, observando-a, imóvel. Quando algo errado acontece, devemos consertar as coisas — mas e se não houver nada que possamos fazer?

Quando Sam se vira para mim, seu rosto está branco como a lua e seus olhos estão arregalados.

— O que é que nós vamos fazer? — pergunta Sam, o que não é nada justo, porque é ela quem devia saber. As irmãs mais velhas não deviam ficar assustadas. As irmãs mais novas ficam assustadas e as mais velhas as tranquilizam e dizem: "Tá tudo bem, eu serei a lua."

— Sério, o que é que nós vamos *fazer*? — repete ela, como se falando mais alto pudesse exigir uma resposta do universo.

Halmoni solta um som áspero e pesado, e eu tento não ouvir.

— Devemos ligar para a emergência? — digo, só que sai como uma pergunta.

Sam balança a cabeça.

— Não se liga para a emergência por causa de um vômito. — Mas ela não parece ter tanta certeza assim. Pega o celular e olha para ele como se quisesse que o aparelho tomasse a decisão por ela.

— Faça alguma coisa — sussurro. E Sam olha de volta para mim, de olhos arregalados e com as mãos trêmulas.

— Mãe — arfa Halmoni. — Liga para sua mãe.

Sam liga e, dez minutos depois, os pneus de mamãe cantam na estrada atrás de nós. Ela estaciona o carro atrás do de Halmoni — e nós somos poupadas de ter que salvar nossa avó.

Mamãe está vestida com as roupas da entrevista, ainda em modo de trabalho, e grita conosco ao correr para ajudar Halmoni a se pôr de pé.

— O que é que está acontecendo? O que vocês estão fazendo aqui? Ela não pode dirigir! Por que você não me ligou antes? Sam, eu te disse para me ligar se algo desse errado!

Só que ela não está falando com a gente, pois está ocupada com Halmoni. Enxuga os lábios dela com um lenço de papel e esfrega suas costas.

Mamãe costumava fazer isso com Sam e comigo quando ficávamos doentes.

Só que nós somos as crianças. E Halmoni é a mãe dela. Então está tudo de pernas para o ar.

Mamãe pega um comprimido da bolsa e tenta enfiá-lo na boca de Halmoni. Ela se afasta, protestando, mas mamãe insiste.

Viro-me para Sam em busca de respostas, mas ela não me vê. Está muito ocupada olhando para Halmoni e roendo a unha do polegar com tanta força que tenho medo de que comece a sangrar.

— Preciso levar Halmoni para o hospital — diz mamãe. — Sam, pode levar a Lily para casa?

Sam está paralisada. Nem sequer consegue responder.

Mamãe solta um palavrão.

— Ah, tá bom. Vou deixá-las em casa primeiro. Já estamos bem perto. Vocês três: entrem no carro. Vamos partir agora mesmo.

Sam e eu entramos no banco de trás do carro de mamãe sem questionar, e mamãe coloca Halmoni no banco do passageiro.

— Halmoni está bem? — pergunto.

Mamãe não responde, então fico olhando pela janela. Lá no alto, as primeiras estrelas despontam no céu noturno, e eu lhes faço uma pergunta em silêncio: *O que é que eu faço?*

As estrelas parecem dançar à medida que passamos, e apesar de estarem a anos-luz de distância, quase posso ouvir suas histórias sendo cantadas.

O que é que eu faço?, volto a perguntar.

Elas piscam para mim.

Conserte as coisas.

14

Acordo de madrugada. Sam continua dormindo. Ela ficou acordada até mais tarde, esperando mamãe e Halmoni. Não sei se elas voltaram para casa.

E não aguento não saber. Não aguento me sentir impotente — tipo, tenho que consertar as coisas, só não sei como.

Desço as escadas em silêncio. Mamãe está dormindo no sofá e eu abro a porta do quarto de Halmoni. Lá dentro, ela está enrolada em um casulo de lençóis de seda, e eu fico tonta de alívio. Halmoni está bem. Apoio a mão na parede para não cair. Quero ir até ela, mas a visão de Halmoni na estrada ainda arde no meu cérebro. Sinto uma réstia de medo dentro do peito.

Por enquanto, basta saber que ela está bem. Fecho a porta.

Neste instante, a casa começa a gemer, rompendo o silêncio da noite. As sombras dançam à minha volta.

E por trás de mim, alguém diz:

— Olá, Lily. — É uma voz rouca e feminina, que arranha meus ouvidos como garras no papel de arroz. — Estou procurando a sua família há muito, muito tempo.

Olho ao redor, tentando encontrar a origem da voz. Mas não há mais ninguém na sala, exceto por mamãe, que continua dormindo.

Meu coração de coelho entra em pânico, batendo contra as costelas como se quisesse fugir dali.

— Ah, para com isso. Não sou tão assustadora assim. — A voz parece vir de toda a parte; até mesmo de dentro de mim. Ela ecoa no meu peito.

As sombras na cozinha começam a se mover, mudando e se esticando até se juntarem, assumindo uma só forma. A sombra gigante avança sob a luz das estrelas e se transforma no tigre — tão grande quanto um carro, preenchendo o corredor inteiro.

— Você fala — sussurro. E então, sem querer, acrescento: — E é uma garota.

Calo a boca, pois foi uma coisa muito ridícula para se dizer.

Ela zomba de mim.

— Típico. Você escuta uma história sobre um tigre macho e acha que somos todos iguais? Os humanos são péssimos.

Ela avança na minha direção e eu dou um passo para trás. Minhas omoplatas batem na porta do quarto de Halmoni.

Talvez esteja presa em um sonho acordado — mas acho que não. Sinto o frio no ar, o arrepio nos braços, a madeira empenada sob os pés e uma pontada nos ombros quando os pressiono para trás.

Os sonhos não são feitos de tantos detalhes. E os pesadelos?

Olho para mamãe no sofá, mas ela só ronca.

— Não se preocupe — diz a tigresa. — Sua mãe não vai nos incomodar.

Meu corpo inteiro se contrai, mas a tigresa revira os olhos.

— Ela tem o sono pesado.

Uma boa parte do meu cérebro grita: *Você está falando com uma tigresa! Uma tigresa está falando com você. Isso é impossível.*

Sinto uma certa tontura.

— Vá embora — digo a ela.

A tigresa se aproxima, balançando a cauda de um lado para o outro. Inclina a cabeça e mexe uma das orelhas.

— Por que tanta hostilidade, Pequena Eggi? Fique sabendo que não vou te comer. Estou em uma dieta de restrição a kimchi.

Fico olhando para ela. É o monstro de que Halmoni me alertara.

Ela emite um som entre um ronronar e um rosnado.

— Sua Halmoni roubou as estrelas, e eu vim aqui para pegá-las de volta. Só isso. Você vai me ajudar, pequenina?

Minha boca está tão seca que mal consigo pronunciar a palavra, mas dou um jeito.

— Não.

Ela dá um suspiro.

— Vocês humanos entendem tão pouco do mundo. Sua Halmoni não consegue ver o que fez. Não consegue ver o que está fazendo mal a ela. Eu só quero ajudá-la. Confie em mim.

Faço que não com a cabeça, pois Halmoni me disse para não confiar nos tigres. E é óbvio que é a tigresa que está fazendo mal a ela. A tigresa estava na estrada quando Halmoni ficou enjoada. Foi ela que a deixou assustada.

Mas a enorme felina continua:

— A magia das histórias é poderosa, tão poderosa a ponto de ser capaz de mudar uma pessoa. E quando uma história é guardada, sua magia só aumenta. Às vezes, até fica azeda. A magia se torna uma espécie de veneno. Está me entendendo?

Recuso-me a responder. Não vou deixar que ela me engane.

— Lily Bean, se você me devolver as histórias, sua halmoni vai melhorar. Mas se elas continuarem guardadas, vão deixá-la doente. Vão acabar — a tigresa exibe as presas — devorando-a.

— Você está mentindo — digo, mas minha voz sai falhada.

— Eu estou oferecendo um acordo. Se me ajudar a encontrar as histórias, eu as devolvo a seu devido lugar no céu e você nunca mais terá que pensar nelas. Eu recupero minhas estrelas, e nós ajudamos sua halmoni. Você nem precisa ouvir as histórias. Todo mundo sai ganhando. — A tigresa passa o peso de uma pata para a outra e seu pelo brilha sob a luz das estrelas. — Não quer ser uma heroína?

Aqui está a parte mais assustadora: algo dentro de mim diz que sim. Nunca sou a heroína — não como Halmoni — e parte de mim quer ser.

Mordo o lábio para que meu *sim* não escape.

— É melhor ficar sabendo — a voz dela é tão grave que vibra por todo o meu corpo — que essa é a única chance de ajudar sua halmoni. Não vou oferecer de novo.

Halmoni me disse para tomar cuidado, e só de pensar em fazer um acordo com a tigresa, meu estômago já fica revirado. Mas há tanta coisa que ela não me contou. Há tanta coisa que escondeu de mim — tanta coisa que quero saber.

E se a tigresa estiver certa? E se as histórias roubadas das estrelas estiverem deixando Halmoni doente?

Fico paralisada, presa nos próprios pensamentos. É esse o meu problema. É por isso que Sam me chama de GAT. Fico com tanto medo de dar a resposta errada que não digo nada.

Por alguns minutos, a tigresa espera por mim. Em seguida, balança a cabeça e começa a sumir em meio às sombras.

— Esperava que você fosse me surpreender.

Penso em Halmoni hoje à noite, em como me senti impotente e como preciso consertar as coisas.

— Espera! — grito. — Vou fazer isso!

Mas falei tarde demais. Suas listras se desvanecem na escuridão e ela desaparece.

15

É óbvio que não consigo mais dormir depois disso. Fico sentada na cama, roendo as unhas e olhando pela janela até o sol nascer, quando escuto um barulho estranho vindo lá de baixo — parece um sussurro vindo pelas paredes.

O som continua e eu me inclino para frente, com os ouvidos atentos. Essa casa é cheia de barulhos. Desço as escadas na ponta dos pés. Pode ser a tigresa e, se for, tenho que aceitar a proposta dela. Mesmo que eu ainda não tenha certeza e esteja com medo.

Mas não há tigre nenhum.

Quando chego ao pé da escada, só encontro mamãe e Halmoni sentadas no quarto com a porta entreaberta e conversando tão baixinho que suas palavras são uma mistura de sussurros e assobios.

Mamãe diz:

— Ninguém me ofereceu nada. Ainda estou à procura. Mas vai acontecer logo. Tenho esperança.

— Você conseguir emprego vai ser bom — diz Halmoni. — É bom para você.

— Bom para *nós*, você quer dizer — corrige mamãe.

— Bom para você e para as meninas.

— Não diga isso — implora mamãe. Sua voz fica embargada e mal consigo ouvi-la. — Nós temos tempo. Posso ganhar mais tempo.

— Não, não. Não se preocupe com isso — diz Halmoni. Há um tom de repreensão em sua voz que ela sempre usa quando fala com mamãe. Mas também há outra coisa. Algo mais suave. — E não faça essa cara de preocupação. Vai ficar cheia de rugas.

— Mãe…

— Você está usando protetor solar? Protetor ajuda com as rugas.

— *Mãe*…

— E um chapéu? Chapéu também ajuda.

— Mãe! Não preciso de um chapéu. Preciso de *você*. — A voz de mamãe falha. Quando ela volta a falar, sua voz sai bem baixinha. — Por favor, tente os outros tratamentos. Não desista.

Tratamentos. Hospitais. Ganhar mais tempo.

Uma compreensão se instala no meu íntimo — e que não sei expressar em palavras.

A suavidade nas palavras de Halmoni evapora por completo.

— Você acha que eu desisti? Não! Eu não quero ir. Não quero abandonar você. Ainda não estou pronta. Mas não sou eu quem decide. A única coisa que decido é como estou *agora*. Então, não tire isso de mim.

Nunca ouvi Halmoni tão zangada. Ela é forte, determinada e gentil. Mas agora ela está diferente. Há um lado assustador nela, como se houvesse um tigre escondido sob sua pele, lutando para escapar dali.

Escuto outro barulho estranho e é tão inusitado que nem o reconheço. Até que me dou conta: mamãe está *chorando*.

Mas mamãe nunca chora.

— Joanie — diz Halmoni em voz baixa. — Seja forte, pelo bem das meninas.

Sinto um nó no estômago. Eu não devia estar escutando essa conversa. Não *quero* escutar.

— Não consigo fazer isso — sussurra mamãe. — De novo, não. Não depois de Andy. Não consigo ser forte *outra vez*.

— Eu sei que consegue — diz Halmoni —, porque você é minha filha.

Dou alguns passos para trás na escada e me escondo nas sombras. A doença de Halmoni deve ser muito grave para fazer mamãe chorar.

Quem me dera se fosse a tigresa que estivesse lá embaixo. Esta realidade é mais assustadora do que qualquer tigre.

Quando mamãe sai do quarto, recorro automaticamente à minha capa de invisibilidade. Mas logo mudo de ideia. Não quero ficar sozinha.

Passo meu peso de um pé para o outro e, quando as escadas rangem por baixo de mim, mamãe olha para cima.

— Ah! — exclama ao me ver ali. — *Ah*.

Pergunto bem baixinho:

— Halmoni está bem? *Você* está bem?

Os olhos de mamãe ainda estão vermelhos.

— Você escutou nossa conversa?

Quando não respondo, ela abre os braços e eu corro escada abaixo. Ela me dá um abraço apertado e, quando respira fundo, sinto um estremecimento em seu peito.

— Ela vai ficar bem. Não se preocupe. Vai ficar tudo bem. — Então empertiga o corpo e se recompõe. — Quer um chá? O café da manhã? Preparo o que você quiser.

— Eu quero saber o que está acontecendo. — Tento parecer forte, mas minha voz soa muito baixa.

Mamãe ajeita os óculos.

— Halmoni está doente, Lily. Mas ainda temos esperança, viu? Estou à procura de um emprego novo para ganhar dinheiro para tratamentos especiais. E mesmo se não fizermos esses tratamentos… poderemos deixá-la confortável.

— Que tipo de doença? — pergunto, embora já saiba que é do tipo *ruim*.

Mamãe faz uma careta e me puxa para o sofá. Eu me sento ao lado dela, afundando nas almofadas.

Pela primeira vez não está chovendo. A luz do sol entra radiante pelas janelas, como se o clima zombasse de mim.

Mamãe diz:

— Halmoni está com um câncer no cérebro.

Por alguns segundos, meu corpo fica todo dormente. Não consigo sentir nada além do frio e de um formigamento esquisito.

— Lily, você me ouviu?

Permaneço imóvel, como se pudesse me esconder da dor. Como se a verdade fosse uma tigresa e, se eu não me mexer, talvez ela não me encontrasse.

— Querida?

Só que acho que não posso me esconder por muito tempo, pois aquele formigamento esquisito fica afiado como um caco de vidro. Assinto, sentindo dor de cabeça. Tento repetir as palavras em voz alta — *câncer no cérebro* —, mas não consigo.

Mamãe continua:

— É isso que está causando os sintomas que você já pode ter visto: o enjoo, a paranoia e todas as... Bem, com esse tipo de doença, às vezes os enfermos podem ter, hã, alucinações.

— Alucinações?

— É complicado. Eu sei. Quero que saiba que estou sempre aqui quando você precisar de mim.

— Que tipo de alucinações?

— Ah, Lily. — Seu olhar fica mais suave, e ela pega nas minhas mãos. — Não é nada muito assustador. São coisas à toa. Confundir os sonhos com a realidade. Como pensar que o porão está inundado... coisas desse tipo.

Quer dizer que é por isso que o porão estava tão seco. Já as outras coisas... eu também vi a tigresa. Sei que ela existe mesmo.

— E se houver um jeito de ajudar a Halmoni? — pergunto.

— Ah, Lily. Pode deixar que eu cuido disso. Não se preocupe. Passe o tempo com ela e faça companhia. Foi por isso que nos mudamos para cá. Para que vocês passem um tempo com a avó de vocês.

Mamãe aperta minhas mãos.

— Falei com Sam sobre isso ontem à noite, quando você estava dormindo, então pode conversar com ela se quiser. Não é uma conversa isolada, e, sim, um diálogo permanente. Estou sempre aqui para responder a qualquer dúvida que você tenha.

As perguntas arranham minha garganta, mas acho que mamãe não tem as respostas. É como Halmoni disse: mamãe não acredita em histórias. O mundo dela é pequeno.

Mas sei que há um jeito de ajudar Halmoni — algo que mamãe não quer ou não pode ver.

A tigresa pode curar minha halmoni.

Ontem, não tive coragem de acreditar na magia dela. Mas na próxima vez, terei.

Na próxima vez, vou estar preparada. A tigresa disse que não voltaria a me procurar, então terei que ir até ela.

Para minha sorte, conheço uma família de caçadores de tigres.

16

Animada com o Novo Plano, corro escada acima para contar à Sam. Ela acabou de acordar e já está sentada na cama, com o laptop apoiado nos joelhos, envolta no brilho da tela.

Corro até ela e empurro a tampa do laptop, fechando-o como as mandíbulas de um tigre.

Ela puxa os dedos para trás e me encara de olhos arregalados, mas, antes que fique brava, eu digo:

— Sam, talvez haja um jeito de fazer com que Halmoni fique melhor. Na história que ela me contou…

— Não — Sam me corta. A palavra bate no meu peito, pesada e fria. — Agora não, por favor. Não estou com a menor disposição para ouvir histórias nesse momento. As histórias querem que você acredite que a magia é real, mas não é.

— Na verdade… — Tenho medo do que Sam vai dizer quando eu contar a ela, mas não quero guardar aquele segredo sozinha. — Não sei se é só uma história.

Ela dá um suspiro.

— Lily, do que é que você está falando?

— Acho que… um tigre da história… veio me procurar. Para conversar comigo. E o mesmo tigre estava na estrada ontem quando Halmoni… você sabe.

Sam fica em silêncio por tanto tempo que começo a pensar que também deve ter visto o tigre. Talvez ela achasse que era a única e agora está aliviada.

Mas aí ela diz:

— É melhor se controlar. Deve ser alguma reação de estresse mental ou algo do tipo, pois o que você está dizendo é impossível.

— As coisas só são impossíveis se você *acreditar* que são. O tigre...

— Lily! — retruca ela, puxando a mecha branca dos cabelos. — Esqueça essa história de tigre, tá? Há coisas reais acontecendo na vida real agora. Não piore a situação.

Para onde foi a Sam da mercearia? A irmã que queria ouvir as histórias?

Eu já devia saber que aquilo não ia durar.

— É, você tem razão — minto. — Eu devo ter imaginado as coisas. Até mais tarde.

Viro-me de costas para ela, para trocar o pijama por calças jeans e um moletom. Posso encontrar o Ricky. E aprender a caçar um tigre. Não preciso da ajuda de Sam.

— Hum — murmura Sam. — Para onde você vai?

— Para lugar nenhum.

— Espera... — diz Sam, mas eu finjo não ouvir e volto a descer as escadas. Digo à mamãe que vou sair, que não quero mais conversar. Ela tenta me deter, mas eu não lhe dou atenção.

Corro até chegar às pesadas portas da biblioteca e então respiro fundo para me preparar.

Tenho que fazer isso. Halmoni precisa de mim.

Pego a maçaneta, abro a porta e entro.

Joe está sentado atrás de sua mesa, e eu presumo que não quer conversar comigo, mas ele me chama assim que passo por ali.

— Lily. — Ele solta um pigarro, um som entre um grunhido e um resmungo. — Só queria te dizer que você teve uma boa ideia.

— Ah! — exclamo, sem fôlego. Não faço a menor ideia do que ele está falando. Por um segundo, imagino que descobriu meu plano sobre a tigresa, mas seria impossível.

Ele sacode o bigode.

— Jensen me disse que você sugeriu uma venda de bolos. Não sei quanto dinheiro podemos arrecadar com isso, mas parece ser uma boa maneira de atrair a comunidade.

— Ah — repito. Quando sugeri que Joe vendesse os cupcakes, não me dei conta de que Jensen tinha me levado a sério. — Que bom!

Ele concorda com a cabeça como se dissesse: *A conversa está encerrada.*

— Ricky e Jensen estão aqui hoje? — pergunto.

Ele aponta para os fundos da biblioteca, e eu caminho entre as estantes até chegar a um grupo de mesas. Ricky e Jensen estão sentados com um caderno aberto, uma pilha de cartões de memorização e uma embalagem de pudim, já vazia, bem no meio dos dois.

Ricky olha para mim e abre um sorriso. Hoje, ele está usando um gorro com a palavra FEIJÃO puxado até as sobrancelhas. E nem parece estar envergonhado depois do incidente na mercearia.

Talvez esse seja o superpoder dele: as coisas desagradáveis e embaraçosas não o incomodam.

— Lizzie! — grita ele.

Levo um segundo para perceber que ele está falando comigo, e Jensen sorri como se me pedisse desculpas.

— É Lily — corrige ela. — Oi, Lily! Tudo bem?

— Hum, tudo. — As palavras saem meio hesitantes. Estou nervosa, pois o que vou perguntar não faz sentido. É impossível. Mas vou perguntar assim mesmo.

Antes que eu consiga falar, Jensen diz:

— Eu já ia te contar sobre a venda de bolos! Não queria que você pensasse que roubei sua ideia e não lhe dei crédito por ela.

— Ah, eu não...

— Mas você pode me ajudar a fazer os panfletos e preparar tudo! — Ela dá um sorriso largo e todas as suas sardas se iluminam.

— Eu também vou ajudar — diz Ricky. Depois, em um sussurro dramático, ele acrescenta: — Vamos ganhar cupcakes de graça!

— Ah, é? Que bom — murmuro.

— Legal! — exclama Jensen. — Agora, Ricky e eu temos que voltar para a aula, então...

Ricky deixa o caderno de lado e se inclina para frente.

— Então, Lily, sente aqui. Conte a história da sua vida. Quando foi que você descobriu a paixão pelos tigres? O que é que você acha dos Sucrilhos, *de verdade*? Não se esqueça de nenhum detalhe!

— Bem... — começo a dizer. Ele mencionou os tigres. Há uma abertura na conversa. Se eu conseguir mudar de assunto...

— Ricky, pare com isso — diz Jensen. E então, para mim: — Não dê atenção a ele. Só está tentando se livrar da aula.

Ricky arregala os olhos.

— Não, Jensen, eu estou falando sério! Só quero fazer uma amiga. Adam está no acampamento e Connor está viajando pela Itália. *Preciso* socializar com alguém.

Jensen bufa e dá uma risada.

— Você *precisa* é revisar esses cartões de memorização.

Estou prestes a ser expulsa dali, então interrompo a conversa com a primeira coisa que me vem à cabeça.

— Jensen, posso comer um pudim também?

Ela pestaneja. Sei que é grosseria, mas preciso de um momento a sós com Ricky.

Jensen disfarça a surpresa com um sorriso e se põe de pé.

— Claro que pode, Lily. Vou pegar um para você. Afinal de contas, Ricky está louco para fazer uma pausa *rapidinha*. — Ela arqueia a sobrancelha em direção a Ricky, para enfatizar o *rapidinha,* e depois pergunta se eu prefiro pudim de chocolate ou baunilha.

— Baunilha. Obrigada. — Fico com vontade de dar um abração nela, mas me parece exagero só por causa de um pudim.

— Mais um de chocolate para mim, por favor — diz Ricky.

Jensen suspira e vai até a sala dos funcionários.

— Não tenho aulas particulares porque sou burro — diz Ricky assim que Jensen sai. — É só porque não tenho a cabeça boa para as palavras. Só isso. Nem para os números, acho. Mas vou ser um psicólogo. Tenho uma *compreensão intuitiva da psique humana* — diz ele, como se estivesse recitando algo que leu online. — Sou muito bom em julgar o caráter das pessoas.

— Ah! — exclamo. — Tá bom. — Tenho que entrar no assunto antes que Jensen volte, mas ele não para de falar.

É por isso que Jensen e eu somos tão bons amigos. Ela quer ser jornalista, por isso também precisa ter uma boa compreensão das pessoas. Nós dois somos muito bons em falar com as pessoas. Na verdade...

— Você me disse que seu bisavô era um caçador de tigres — disparo de uma vez só.

Ele franze a testa.

— Bem, não foi *exatamente* isso que eu disse. Não devo falar dessas coisas e tudo o mais...

— Como é que ele fazia isso?

Ricky olha para mim em silêncio, para variar.

— Quero dizer, hipoteticamente. Não *de verdade*. Mas, tipo, se alguém *quisesse* capturar um tigre.

Ricky balança a cabeça, tentando me compreender.

— Certo. Você gosta mesmo de tigres, não é? Mas os tigres são criaturas majestosas que estão em perigo de extinção. Não devem ser caçados.

— Ah, eu sei, sim, sem dúvida. Não vou fazer nada disso. Mas e se eu *quisesse*... — Falo tão depressa que tenho medo de assustá-lo, mas Ricky não parece muito alarmado.

Ele dá de ombros.

— Bem, não sei os detalhes. Nunca conheci meu bisavô e minha família não fala muito sobre essa parte da vida dele, então quem é que vai saber?

A decepção toma conta de mim. É claro que ele não sabe de nada. Mas que ideia bobalhona! Achei que pudesse ser uma heroína, que pudesse ajudar Halmoni. Mas sou só eu mesma.

Tento conter as emoções para que Ricky não as veja, mas sinto uma torrente de lágrimas quentes por trás dos olhos. Fecho-os com força e tento respirar fundo.

— Ah, não! — exclama Ricky, remexendo-se na cadeira, horrorizado com a minha reação. — Talvez eu ainda possa ajudar! Você gosta de caçar ou algo do tipo?

Balanço a cabeça, tentando me controlar. Preciso sair dessa situação, ir para casa e pensar no plano B.

— Não é para caçar. Só queria saber como capturar um tigre, acho. Mas era só curiosidade. Nada demais. Já vou indo.

— Espera! Não vai embora. Você parece tão… — Ele faz uma pausa e suas bochechas ficam coradas.

— Deixa para lá — digo no mesmo instante em que ele diz:

— Já sei! — Ele enfia a mão na mochila e pega uma revista fina e colorida. Não, não é uma revista. Um gibi. Chego mais perto para ler o título: *As Aventuras do Super-Homem: Armadilha Mortal!*

Ricky abre um sorriso.

— Podemos fazer uma armadilha. Tipo um fosso para capturar tigres. Vai ser da hora, tá vendo? — Ele abre o gibi em uma página com a ponta dobrada e me mostra uma ilustração do Super-Homem preso em uma caixa de metal gigante com uma teia de raios laser vermelhos.

— Acho que não sou capaz de montar uma coisa dessas. Além disso… — Fico olhando para o quadrinho. — O Super-Homem não é o mocinho da história? Ele não escapa da armadilha?

Ricky franze a testa, parecendo desapontado.

— Ah, é. Acho que sim. Só estava dizendo que… — Ele olha para baixo e enfia o gibi de volta na mochila. — Desculpa, sei que não é isso que você quer. Meu pai sempre me diz que fico entusiasmado demais com as coisas, e meus amigos não entendem quando falo sobre quadrinhos e tal, então entendo se você acha isso esquisito.

E agora eu me sinto culpada por ter causado toda essa situação.

— Não é esquisito. Só não é… — Paro antes de dizer: *Só não é isso que eu quero.*

Porque, na verdade, uma armadilha para tigres é exatamente o que eu queria. É claro que não posso construir uma armadilha com metal e raios laser. É claro que é ridículo usar uma história em quadrinhos como manual de instruções — mas não tão ridículo quanto tentar *capturar um tigre mágico falante.*

Ricky é o tipo de pessoa que faz as coisas acontecerem. Ele age sem pensar muito antes. Se eu quiser capturar um tigre, tenho que ser mais parecida com ele.

— Na verdade, vamos dizer que não tenho metal e laser. Você acha que eu conseguiria montar uma armadilha com coisas normais?

As sobrancelhas dele sobem até o meio da testa.

— Espera, vamos mesmo montar uma armadilha para tigres?

Dou um pigarro.

— Bem, *eu* é que vou, não *nós*, mas não sei se…

Ele fica cheio de entusiasmo.

— Se você vai montar a armadilha para tigres aqui, vou *ter* que te ajudar.

Balanço a cabeça. Não quero desapontá-lo outra vez, mas…

— Acho que não é uma boa ideia.

Ele se inclina para frente, quase caindo da cadeira.

— Lily, eu *tenho* que fazer isso. Vai ser *tão* divertido. Além disso, sei muito mais sobre o assunto do que você. Li tantas *histórias em quadrinhos* e também devo ter herdado o conhecimento do meu bisavô; aposto que está no meu sangue ou algo do tipo. Serei uma ótima fonte de informações!

Mordo o lábio. Não é que eu não queira ser amiga dele. É só que a maioria das pessoas não entenderia a parte do tigre mágico falante.

— Não sei, não, Ricky…

Ele fica amuado.

— Ah, tá bom, então. Não faz mal. Não precisa me chamar se não quiser.

Fico torcendo para que Jensen volte logo, mas ela continua na sala de funcionários, e eu tenho que ficar ali, sentindo-me culpada.

Talvez chamá-lo não seja tão ruim assim. Não preciso contar a ele para que vou *usar* a armadilha. E talvez seja bom ter ajuda — de alguém que não se preocupa muito com o *porquê* das coisas.

— Tá bom — digo, e ele fica com o corpo todo elétrico e se empertiga na cadeira.

— *Sério?* Estou tão animado. Vai ser ÉPICO. — Ele faz um gesto de explosão com as mãos para enfatizar o *épico*. — Ainda bem que você disse que sim. Porque agora montar uma armadilha para tigres está na minha cabeça e *não vai mais sair*.

— Aham — murmuro.

— Vou ter que passar em casa para buscar os materiais depois da aula, mas logo estarei na sua casa. Jensen me disse que você mora do outro lado da rua, não é?

— Você quer dizer… hoje? — pergunto. — Não vai pedir para o seu pai antes?

— Ah, ele nem vai perceber que saí de casa. — Ele arranca uma folha do caderno e rabisca o número do telefone, mas antes que possa me entregar, Jensen volta com o pudim.

Ricky esconde o papel na palma da mão, e eu lanço um olhar de *Calado!* para ele. O menino assente e faz uma mímica como se fechasse os lábios com zíper. Ele tenta parecer sério, mas abre um sorriso largo sem querer e praticamente irradia entusiasmo.

Jensen franze a testa.

— O que é que está acontecendo aqui?

— Nada — Rick e eu respondemos ao mesmo tempo, o que deve parecer meio suspeito.

Jensen está prestes a nos fazer mais perguntas quando alguma coisa a detém. Ela olha por cima do meu ombro e arqueia as sobrancelhas. Eu me viro para seguir seu olhar.

Sam está parada atrás de mim, de braços cruzados, e me encarando com os olhos pintados de delineador preto. Ela está brava.

17

Jensen é a primeira a falar. Seus olhos passam de surpresa para confusão e curiosidade.

— Oi — diz ela. — Eu sou a Jensen. — Ela dá a Sam o mesmo sorriso caloroso e convidativo que me deu, só que com algo a mais, algo curioso e quase otimista; talvez porque Sam tenha a idade dela. Jensen enfia um cacho de cabelo atrás da orelha e suas sardas da sorte se iluminam.

Não consigo deixar de sentir ciúmes, pois parece que Sam roubou a minha amiga sem nem ao menos tentar. Esse é o problema com gente grudenta.

— O-oi — diz Sam a Jensen, gaguejando um pouco. — Eu sou, hã, a Sam. — Ela é pega de surpresa pela simpatia de Jensen e tal. Mas então se volta para mim e estreita os olhos. Empertiga o corpo. Sam fica mais à vontade com a raiva. — Por que você saiu correndo no meio da conversa? Não pode *fazer* isso sem mais nem menos.

Engulo em seco, sentindo o olhar de Jensen e Ricky sobre nós duas. Fico com vontade de sumir dali, mas minha capa de invisibilidade não funciona. Ela tem dado defeito ultimamente.

— Por que não me *disse* para onde ia? — pergunta Sam.

— Eu… — Não sei bem o que dizer. *Porque não podia contar a você sobre meu plano secreto sobre a tigresa?* — Eu tinha que vir para cá. — As palavras saem desajeitadas, sem qualquer efeito.

Faz-se um silêncio constrangedor, até que Jensen exclama:

— Ah, eu conheço você!

Sam arregala os olhos e Jensen abre um sorriso.

— Não tive a intenção de te assustar nem nada. É só que você me parecia familiar. Você não estudou na Sun Elementary? Tipo, há muito tempo?

Sam faz uma pausa. Seu rosto fica vermelho.

— Hum, sim, por alguns anos. Nós moramos aqui, sim, um tempo atrás. Há muito tempo.

Fico olhando para minha irmã. Nunca a vi gaguejar daquele jeito. Ela costuma ser tão segura de si. E tão... maldosa. Mas agora está toda gentil.

Jensen brinca com os cachos de seu cabelo.

— Sabe, vamos fazer uma venda de bolos para arrecadar dinheiro para a biblioteca. Na verdade, foi ideia da Lily. Você pode ajudar, se estiver interessada. Posso te dar o número do meu celular pra gente combinar.

— É, eu... tá bom. Eu já... certo. — Sam ajeita a camiseta, embora estivesse no lugar.

Olho para Ricky, mas ele está comendo o segundo pudim, completamente alheio a qualquer esquisitice.

Me dá o seu telefone enquanto elas estão distraídas, digo com o olhar.

Em resposta, ele aponta para o pote e faz um sinal de positivo com o polegar, como se eu estivesse perguntando se o pudim estava gostoso.

Respiro fundo e solto o ar bem devagar, como mamãe faz quando tem que lidar com Halmoni.

Jensen abre um sorriso.

— Vai ser *demais*! — diz ela enquanto pega o celular de Sam e digita seu próprio número. Sinto uma pontada de inveja porque *Sam* acabou de conseguir o telefone de alguém, sem nenhum problema, como se tudo fosse tão fácil para ela.

Jensen e Sam se encaram por alguns segundos, e é como se Sam tivesse esquecido completamente de mim.

Começo a ficar impaciente.

— Enfim... — murmuro. Olho para Ricky e digo a ele em silêncio: *Me dá o seu número agora e seja sutil.*

— Ah, é! — exclama Ricky. Ele estende o pedaço de papel e o coloca na minha mão. Abaixa o tom de voz para um sussurro alto. — Para mais tarde. Você sabe. Para o *plano secreto.*

Jensen faz uma cara de surpresa. E Sam de desconfiada.

Respiro fundo de novo e forço um sorriso amarelo.

— Certo, bem, é melhor irmos embora — digo.

— Ah, sim! — exclama Jensen. — Desculpa, não tive a intenção de segurar vocês duas aqui. Além do mais, Ricky e eu precisamos voltar às aulas.

Ricky balança a cabeça.

— Tudo bem, Jensen. Estou vendo que você está fazendo uma amiga e quero *respeitar* isso.

Jensen começa a rir, e Sam dá de ombros desajeitadamente antes de me puxar para longe da mesa.

Ricky grita para mim com a boca cheia de pudim.

— Até logo!

Dou tchau enquanto Sam me arrasta para fora da biblioteca e, assim que saímos, eu me viro para ela.

— Não precisava me envergonhar daquele jeito.

Ela fica me encarando.

— Sério? É com isso que você está chateada? Você saiu correndo no meio de uma conversa e me deixou sozinha com a mamãe, que já está superestressada.

— Desculpa — murmuro, e estou falando sério. Ainda estou brava com Sam, mas nisso ela tem razão.

— Sei lá. Eu te entendo. Também estou irritada. Estou furiosa por isso estar acontecendo e ainda mais irritada por mamãe não ter nos contado antes. — Sam passa a mão pelo rosto. — Aquela casa até parece uma prisão. Às vezes, fico com vontade de fugir dali.

Gostaria de poder explicar a ela que não estava fugindo. Que tenho um plano e que vai ficar tudo bem. Mas ela deixou bem claro que não acredita em magia.

Ao subirmos as escadas, olho para a casa e tento ver a mesma coisa que Sam. Para mim, aquela casa sempre foi um lugar seguro. Ela nos protege.

Mas acho que consigo ver aquilo na maneira como as trepadeiras escuras estrangulam a casa e a porta se fecha e tranca. No modo como a casa se esconde no meio das árvores. Quase consigo ver aquela casa como uma prisão.

Ou até mesmo como uma armadilha.

18

Ricky chega de bicicleta algumas horas mais tarde, depois de mamãe levar Halmoni a uma consulta médica de rotina. Sam está lá em cima, por isso estou sozinha na sala, ainda bem, pois ele tem uns mil metros de corda enrolados na cintura e está vestido com roupas de camuflagem da cabeça aos pés — incluindo uma cartola com estampa camuflada.

— Uau! — exclamo assim que ele entra pela porta da frente.

Ele levanta a cartola para me cumprimentar.

— Mestre das Armadilhas de Tigre, ao seu serviço.

Pisco os olhos, atônita.

— O quê?

— É, você tem razão. Tenho que inventar um nome melhor. — Ricky passa por mim, desamarra a corda e a joga no chão da sala de estar. Ao notar minha confusão, ele esclarece: — Meu nome de super-herói.

— Ah, tá. — Sinto-me mal, porque sei que Ricky está se divertindo e não quero que ache que estou zombando dele, por outro lado... aquilo não é nenhuma *brincadeira*. É muito importante. — Você acha que a camuflagem é necessária?

Ele dá um sorriso.

— Não. Mas é tão *legal*. Qual é o seu nome de super-heroína?

— Eu não sou uma super-heroína. — Pego a corda, tentando mudar de assunto. — O que é que a gente vai fazer com isso?

Ele olha de esguelha para mim.

— Ah, tá bom, mas ao menos use isso aqui. — Ele tira a cartola da cabeça e a coloca na minha. Depois assente, satisfeito. — Assim está bem melhor.

A aba do chapéu está um pouco suada e grande demais para mim.

— Por que você tem uma cartola camuflada?

Ele inclina a cabeça para o lado.

— Como assim?

Pisco os olhos outra vez. Depois de conhecê-lo por dois dias, já sei que ele tem um monte de chapéus esquisitos. Mas talvez Ricky não os ache nada esquisitos. Para ele, uma cartola camuflada é bem normal.

— É que a cartola é... — Estou prestes a dizer *meio esquisita*, mas me lembro da cara dele na mercearia e me contenho. Não quero que ele se sinta mal daquele jeito. — Diferente — concluo e, antes de mergulharmos mais fundo nessa conversa sobre chapéus, volto a me concentrar. — Eu estava pensando em montar a armadilha aqui. Venha comigo.

Eu o levo até a porta do porão.

— Este lugar é tão tumultuado — diz ele, examinando as ervas, os amuletos, as estatuetas e, é claro, as caixas e os baús empilhados junto à porta do porão.

— Não é *tumultuado* — digo a ele, meio irritada. Não devia ter sido tão gentil a respeito da cartola. — É a minha casa.

Ele fica com o rosto todo vermelho.

— Desculpa. Eu gostei dela. É como estar em um brechó ou em uma casa mal-assombrada que não é nada assustadora.

Antes que eu possa responder, os passos de Sam rangem escada abaixo e ela para bem na nossa frente.

— Com licença — diz ela, cruzando os braços e arqueando a sobrancelha na minha direção. — O que ele está fazendo aqui e o que é que você tem na cabeça?

— Ah! — exclamo. — É uma cartola. — Sinceramente, não há muito mais a dizer sobre o assunto. — E Ricky só veio aqui para... ler.

Sam franze a testa, olhando para a corda, a roupa de camuflagem de Ricky e depois de volta para mim.

— Mamãe sabe que você convidou alguém para vir aqui?

Ricky olha de mim para minha irmã, dá um pigarro e sorri para Sam.

— Oi, meu nome é Ricky. Sou amigo de Lily da biblioteca.

Sam revira os olhos.

— É, eu sei. Eu te vi, literalmente, hoje de manhã.

Em seguida, ela me puxa para o quarto vazio de Halmoni, onde podemos conversar em particular.

— Você nem me perguntou se podia trazer um amigo aqui — diz ela, com a voz beirando a exasperação.

Dou de ombros.

— Mamãe não vai se importar. Ela quer que eu faça amigos.

— É, mas você não pode fazer tudo que der na telha. Tem que *pedir* primeiro. Lembra da conversa que *acabamos* de ter?

— Desculpa. Ricky apareceu do nada. Foi ele quem se convidou.

É mais ou menos verdade.

— Não dê uma de espertinha! Eu não sou idiota. Sei que você tem um plano secreto. Por que está usando esse chapéu e segurando um rolo de corda? — Ela estreita os olhos. — Tem a ver com aquela sua teoria esquisita sobre o tigre, não é?

— Não. — Minto de forma pouco convincente.

Sam franze a testa.

— Acho que vou ter que contar isso para a mamãe.

Ela pega o celular, mas eu agarro seu pulso para impedi-la.

— Não, por favor. Irmãs… devem guardar os segredos uma da outra.

Nós nos encaramos, até que ela finalmente balança a cabeça.

— Tá bom. Faça o que quiser, mas me deixe fora disso.

— Ah. — É o que eu queria, acho. Mas não deixa de ser doloroso, pois, embora não queira que Sam me *impeça* de fazer isso, também não quero que ela me ignore. Quero que ela se importe.

Sinto um aperto no peito porque devia ser Sam e eu, juntas, a montar uma armadilha para tigres. Essa história é sobre irmãs. Devia ser *nós* duas.

No entanto, Sam puxa o pulso para longe da minha mão antes de sair do quarto e subir as escadas.

— Sua irmã parece ser tão... — Ricky engole em seco. — Legal?

Ignoro o comentário dele.

— Temos que montar a armadilha lá embaixo.

Ele franze a testa.

— Bem, pesquisei bastante no Google e geralmente os fossos de tigres ficam fora de casa. Para que possam ser, sabe, um fosso.

Abro a porta do porão e acendo a luz que, por sorte, resolve funcionar hoje. A lâmpada pisca duas vezes, mas permanece acesa, zumbindo um pouco.

— Sim, mas um porão já é um tipo de fosso.

Ricky se remexe.

— Mas... Mas não é.

— Não quero que chova em cima do fosso — digo. Não posso contar a ele o motivo verdadeiro: a tigresa apareceu aqui nesta casa. Ela acha que as histórias roubadas das estrelas estão em algum lugar aqui dentro. E o porão é o único lugar onde minha família não vai reparar em uma armadilha gigante.

Ricky aceita minha explicação e descemos a escada para examinar nosso espaço de trabalho.

— Você sabe que — diz Ricky —, em teoria, vai atrair um tigre para *dentro da sua casa* e depois para *dentro do seu porão*. O que não me parece uma ideia muito boa.

— É só hipotético — lembro a ele. Tento não pensar: *Talvez Ricky tenha razão.*

— Certo. — Ele concorda com a cabeça, examina o porão e estala os dedos. — Temos que dar um jeito de fazer um fosso aqui.

— Bem... — murmuro, pensativa. — Que tal a gente usar aquelas caixas lá de cima e empilhá-las aqui? Depois podemos usar a corda para prender as caixas, para que o tigre não derrube tudo. O tigre *hipotético*, quero dizer.

Halmoni disse que mexer nas caixas num dia de azar podia ser perigoso. Mas como é que eu vou saber se hoje é um dia de azar?

— Torre de caixas. Sim. Boa ideia — diz Ricky.

Considero as opções. Não consigo pensar em outra maneira de fazer uma armadilha, então, ou mexo nas caixas e espero que seja um dia de sorte, ou não mexo e desisto de capturar o tigre.

— Só tome cuidado para não quebrar nada — acrescento. Halmoni nos disse que quebrar alguma coisa seria pior ainda, então posso ao menos tentar não fazer isso.

Começamos a trabalhar. Empurramos os baús coreanos para o lado, arrastando-os pelo piso de madeira para abrir caminho para as caixas mais leves.

Em seguida, carregamos as caixas de papelão de Halmoni pela escada e as empilhamos no porão. Algumas são leves e conseguimos levar sozinhos, mas carregamos as maiores juntos. Descemos a escada devagarinho, ele na frente e eu atrás.

Quando estamos na metade das caixas, manobrando uma bem pesada escada abaixo, Ricky diz:

— Minha mãe também gosta de chapéus.

Paro e espio por cima da caixa para olhar para ele.

— O quê?

Ele dá de ombros, deslocando o peso entre nós dois.

— Ah, sei lá, você perguntou sobre o meu chapéu.

— É, uma meia hora atrás.

— Desculpa, não gosto de silêncios desconfortáveis.

— Ah! — exclamo. Ele olha para mim como se esperasse que eu falasse mais alguma coisa. — Não acho que era um silêncio desconfortável. E, sim, um silêncio ocupado.

Ele dá uma risada.

— *Silêncio ocupado.* Nunca pensei nisso antes.

Damos mais alguns passos e ele continua falando.

— Minha mãe e eu costumávamos comprar chapéus juntos. Era uma coisa nossa. É preciso um bom chapéu para cada ocasião, pois um chapéu especial pode fazer com que você também se sinta especial. É por isso que os super-heróis usam capas.

Concordo com a cabeça, mas me atento ao *costumávamos*. É como o que Ricky disse na mercearia: ela *costumava* fazer rolinhos de canela. Ela *gosta* de chapéus, no tempo presente, mas eles *costumavam* comprar chapéus.

Sua voz também fica embargada quando ele fala da mãe. Fico imaginando o que isso significa, talvez seus pais sejam divorciados e ele não a veja com tanta frequência.

Mas não pergunto nada sobre isso. Não gosto quando pessoas aleatórias me perguntam sobre papai e não quero deixar Ricky constrangido.

— É um bom argumento — digo em vez disso.

Chegamos ao pé da escada e começamos a arrastar a caixa pesada para junto das outras.

— Tenho uma boina dos velhos tempos, um chapéu de feltro verde-limão e...

Ele para de falar no segundo em que a caixa de papelão escorrega de suas mãos. Cambaleio para frente, tentando apanhá-la, mas está muito pesada e caio na frente de Ricky pela segunda vez.

A cartola camuflada voa da minha cabeça, e um tilintar horrível ecoa pelo porão quando a caixa cai no chão, seguido por um estalido alto assim que desabo em cima dela, amassando o papelão e esmagando seu conteúdo.

É o barulho de algo quebrado.

O barulho do azar.

Fico imóvel, como se, ao recusar a me mexer, pudesse desfazer o que tinha acontecido. Espero que Sam venha correndo escada abaixo, mas ela não aparece, e ficamos só eu, Ricky e o que quer que tenhamos quebrado ali no porão.

Ricky fica de olhos esbugalhados.

— Você está bem? Sinto muito! Achei que estivesse segurando firme, mas...

— Tudo bem — respondo, esforçando-me para me levantar. — Só tenho que ver se quebramos alguma coisa. — Viro a caixa para cima e tento tirar a fita adesiva para verificar seu conteúdo, mas meus dedos continuam trêmulos e fica difícil puxá-la. Ricky deve achar que sou dramática demais. Ele deve achar que sou uma esquisitona.

Ele tira o cabelo dos olhos.

— Você vai ficar encrencada se quebrar alguma coisa?

— Ah, não — respondo depressa. Mas será que Halmoni vai *ficar* zangada comigo? Ela pareceu ficar bastante aborrecida quando mamãe tentou mudar as coisas de lugar.

— Pronto, deixa eu te ajudar. — Ricky se abaixa para abrir a caixa e eu olho lá dentro.

Sob uma camada de plástico-bolha há um monte de panelas e frigideiras.

Tudo parece intacto.

O tilintar deve ter sido das panelas batendo umas nas outras. E o estalido fui eu esmagando a camada de plástico-bolha.

Dou um suspiro acalorado.

— Tá tudo bem — digo, mais para mim mesma do que para Ricky.

Reorganizo os utensílios de cozinha dentro da caixa, mas algo dentro da panela maior chama minha atenção.

Estendo a mão e pego três embrulhos de plástico-bolha. Os objetos em seu interior brilham por baixo do plástico, cintilando sob a luz.

— Uau. — Ricky respira fundo ao se inclinar sobre meu ombro. — Encontramos. Um. *Tesouro.*

Só que não é um tesouro.

São… potes.

19

— Potes de estrelas — digo, ofegante.

Arranco o plástico-bolha de um deles e vejo um pote pequeno e redondo, feito de vidro azul-escuro e com uma rolha prateada enfiada na abertura.

Desembrulho os outros bem depressa para ver se estão rachados, mas também estão perfeitos. Um deles é comprido e estreito, feito de vidro transparente e com uma rolha preta. O outro é verde-escuro e quadrado.

Ricky se aproxima de mim.

— O que são potes de estrelas?

— Hum, nada. — Só que não são nada coisa nenhuma. Na verdade, podem muito bem ser *tudo*.

Halmoni me disse que pegou as histórias das estrelas e as guardou em potes. A tigresa achava que os potes estavam escondidos em algum lugar da casa. E Halmoni foi *super enérgica* sobre tomarmos cuidado com as caixas.

É isso. Os tais potes preciosos. As histórias perigosas. Só podem ser.

É isso o que a tigresa tanto quer.

Examino os potes com atenção e, talvez seja uma ilusão de ótica, mas acho que vejo alguma coisa se mexendo lá dentro — um tipo de fumaça ou de magia.

Por um instante avassalador, fico com vontade de abrir os potes e segurá-los junto ao ouvido como se fossem conchas para ouvir a magia lá dentro, rugindo como o oceano.

Quero tanto ouvir essas histórias.

— São da Halmoni. — Tento manter a voz firme. — Vamos deixar os potes de lado, e eu dou para ela depois.

Ricky dá de ombros, como se não fossem grande coisa e, para ele, acho que *não* são mesmo. São só potes. Potes comuns, normais. Sem dúvida. Roo a unha do polegar e olho para eles.

Ricky quebra o silêncio.

— Então, o que você vai fazer depois de capturar o tigre? — Depois, como se tivesse medo de que eu não fosse responder, ele acrescenta: — Em *Super-Homem: Armadilha Mortal!,* Lex Luthor quer torturá-lo para que ele revele os segredos de Krypton e do universo…

— Não é nada disso — corto-o, pois fica parecendo que sou a vilã da história. — É a vida real. Não é como nos quadrinhos, viu?

Na mesma hora, sinto-me culpada por ter explodido. Ricky foi tão gentil em me ajudar. Ele não tem culpa de não saber da história toda e, se quiser falar sobre quadrinhos, chapéus ou qualquer outra coisa, eu devia deixar. Mais calma, acrescento:

— É diferente.

Ele faz uma pausa e se concentra em ajeitar as calças de camuflagem.

— Não tenho aulas particulares porque sou burro. Quero dizer, eu não sou burro.

Mexo nas minhas tranças.

— É, eu sei. Você já me disse isso na biblioteca, e eu não acho que seja burro. Um monte de gente tem aulas particulares.

— Só estou dizendo, para o caso de você pensar alguma coisa. Ou ouvir alguma coisa sobre mim. — Ele dá de ombros, como se não se importasse, embora seja evidente que se importa.

Sento-me em uma das caixas.

— Ouvir alguma coisa de *quem*? — Acho que não preciso ressaltar o óbvio: não tenho nenhum amigo ali.

— Sim, é verdade — diz ele, sentando-se na caixa ao meu lado. — Fui reprovado em literatura no ano passado.

— Ah! — exclamo.

Na minha escola da Califórnia, era muito difícil ser reprovado em uma matéria. Mesmo se você se saísse mal em todas as tarefas, desde que fizesse o mínimo de esforço, o professor ficava com pena de você e o deixava passar de ano.

Talvez a escola daqui seja bem mais difícil, porque Ricky não parece ser do tipo de pessoa que não se esforça. É um menino que veste roupas de camuflagem da cabeça aos pés para uma caça ao tigre hipotética. Isso é o que eu chamo de ser esforçado.

Ele tamborila os dedos na caixa de papelão e diz:

— Mas não foi culpa minha. A professora estava contra mim. Ela me detestava.

— Tá certo — digo. — Acho que faz sentido.

Ele olha para mim, surpreso.

— Sério? Você acredita em mim?

Faço que sim com a cabeça. Ricky parece tão esperançoso, mas não tenho nenhum motivo para *não* acreditar nele. E, para ser sincera, não me interessa se ele é bom ou não em literatura. As notas de alguém não significam nada para uma amizade.

Ele dá um suspiro aliviado.

— Que bom. Não queria que você pensasse mal de mim. Porque não é culpa minha. Enfim, é por isso que estou fazendo aulas particulares no meio das férias. Se eu não passar em uma prova daqui a duas semanas, vou ter que repetir o sexto ano.

Tento esconder a surpresa. Afinal, isso é muito importante. E eis o que não digo: pelo que vi, ele enrola bastante durante as aulas. Até parece que está tentando *não* aprender nada.

Não é da minha conta. Mas, por algum motivo, ele se importa com a minha aprovação.

— Tenho certeza de que você vai passar — digo.

Ele concorda com a cabeça.

— É. Eu também. Vai ficar tudo bem.

Após um silêncio desconfortável, ele diz:

— Por que é que você está fazendo isso? Quero dizer, estou tão animado quanto qualquer menino estaria para montar uma armadilha falsa para tigres, mas deve haver algum motivo.

Dou de ombros, evitando seu olhar.

— É melhor a gente voltar ao trabalho.

— Estou falando sério.

Hesito, tentando pensar em uma boa mentira. Venho guardando tantos segredos. E os segredos são tão cansativos.

Para ser sincera, quero contar a verdade a ele.

— Halmoni está doente — digo. Já que Ricky parece confuso, esclareço: — Minha avó.

Ele dá um assovio.

Sinto muito. Que coisa horrível.

— Halmoni tem medo de tigres, e eu queria fazer com que ela se sentisse melhor. — Não é bem a verdade, mas está quase lá. Meus ombros relaxam e meus pulmões respiram aliviados.

É tão bom conversar com alguém.

— Deve ser assustador — diz ele. — Mesmo que esteja apenas na cabeça dela.

Engulo a frase: *Você não faz a menor ideia,* e concordo com a cabeça.

— É, sim.

— É muito legal da sua parte fazer isso — diz ele. — Você é a garota mais legal com quem já fiz amizade.

— Ah. — Não sabia que ele nos considerava amigos, mas é bom saber disso.

Talvez Ricky possa vir a ser um amigo de verdade; do tipo que gruda.

— Então. — Ele fica de pé e tira o pó das calças. — Você tem carne crua por aqui?

— O que foi que você disse?

— De acordo com a internet, a parte mais importante da armadilha para tigres é a isca. A maioria dos caçadores de tigres usava carne crua, tipo bifes ou...

— Bem, é uma caça hipotética, então... não vamos fazer nada disso — digo.

Ele concorda com a cabeça.

— Ah, é. Faz sentido.

— Vamos terminar a armadilha logo.

Ele se abaixa, pega a cartola e a devolve para mim.

— Vamos lá.

Abro um sorriso e voltamos ao trabalho. Agora prestamos mais atenção — levando cada caixa com cuidado, passo a passo e bem devagar, e deixando só as mais pesadas e os enormes baús coreanos lá em cima. Assim que temos bastante caixas no porão, começamos a organizá-las em um círculo, empilhando as mais leves em cima das mais pesadas.

Parece até um quebra-cabeças gigante e, apesar de ser superimportante... também é *divertido*.

Depois de terminar, passamos a corda em volta das caixas, embora não saibamos muito bem o que fazer. Dou cinco nós, só por precaução.

Por fim, damos um passo para trás para admirar o trabalho.

— Muito bem, Mestre das Armadilhas de Tigre — digo.

O sorriso de Ricky ocupa todo o rosto dele.

— Muito bem, Supergarota Tigresa.

— Não sou uma super-heroína — digo sem pensar. Se bem que Supergarota Tigresa soa bem melhor do que Garota Invisível, e é legal ser *super*.

Antes de Ricky ir embora, tiro a cartola da cabeça e a devolvo para ele. Aposto que estou com cabelo de chapéu, com alguns fios colados na testa pelo suor e outros de pé.

— Não esqueça isso aqui — digo.

Ele dá de ombros.

— Fica com ela por enquanto. Só para o caso de encontrar algum tigre *hipotético*. Pego a cartola na próxima vez que a gente se encontrar.

— A gente se encontrar? Para fazer o quê? — Não sei o que é que ele pensa que vem a seguir, mas é só aquilo mesmo. A armadilha está concluída.

Ele olha para mim como se fosse óbvio.

— Agora somos amigos. E amigos se encontram.

Pisco os olhos, surpresa.

— Ah, é. Tá bom.

E então começo a sorrir. Afinal, adoraria encontrá-lo outra vez. De alguma forma, ele tornou divertido capturar um tigre.

Despeço-me de Ricky e, assim que ele vai embora, levo os potes de estrelas para o quarto do sótão e os escondo debaixo da cama. Por sorte, Sam está no chuveiro e não pode me perturbar agora, por isso me deito de bruços no chão e fico olhando para eles.

São potes normais à primeira vista. Mas mesmo debaixo da cama, parecem brilhar.

Carne crua não vai funcionar, pois os tigres mágicos seguem outras regras. Mas, ao olhar para os potes, eu me dou conta: encontrei a isca certa.

20

— O que é que você está fazendo? — As tábuas do assoalho rangem atrás de mim, eu me viro e vejo Sam de pijama.

— Nada — respondo, levantando-me em um salto.

Estou superansiosa. Debaixo da cama, os potes de estrelas permanecem à minha espera.

Olho para o relógio. Acabou de anoitecer. Vai levar algumas horas até que todos durmam — antes que eu possa ir de fininho lá para baixo com um dos potes e atrair a tigresa.

Sam estreita os olhos e respira fundo, como se quisesse me perguntar alguma coisa, mas então balança a cabeça.

Não é do feitio dela reprimir suas dúvidas, e eu não sei se fico agradecida ou triste.

Quando volta a abrir a boca, Sam parece mudar de ideia e faz uma pergunta diferente.

— Qual é a história com aquele menino?

— Ele está me ajudando... a fazer uma coisa. — Não consigo deixar de sorrir ao acrescentar: — É meu amigo.

Ela arqueia a sobrancelha e repuxa os lábios naquele seu sorriso que diz: *Eu sei de uma coisa que você não sabe*.

— Seu amigo?

Sinto o rosto esquentar quando me dou conta do que ela quer dizer.

— Não é nada disso.

Ela me pergunta em um tom de voz zombeteiro:

— Disso o quê?

— Do jeito que você está dando a entender.

Sam dá uma risada. Pelo visto, meu embaraço a deixa de bom humor.

Em seguida, seu olhar fica mais suave e ela aponta para o chão em frente ao espelho.

— Sente-se aqui. Se você tem uma paixonite, é melhor aprender a arrumar os cabelos.

— Estou bem do jeito que sou — retruco. — E não é uma paixonite. — Não sei lidar com Sam. Em um minuto ela me odeia e no outro quer ter um Momento de Irmãs.

Além disso, não tenho tempo a perder com meu cabelo. Tenho uma missão de vida ou morte para cumprir.

Mas ela fica apontando para o chão, recusando-se a aceitar um não como resposta. E, de qualquer modo, vou ter que esperar algumas horas mesmo.

Quando desisto e me sento diante do espelho, Sam se ajoelha atrás de mim. Desfaz minhas tranças e volta a enrolar as mechas, entrelaçando-as de um jeito diferente.

À medida que Sam trabalha, minha ansiedade desaparece e é substituída por um ímpeto mais tranquilo e profundo. Fico com vontade de contar a ela sobre a tigresa, os potes de estrelas e a armadilha.

Mas fico com medo de que ela se irrite e me chame de maluca, por isso prendo a respiração até a vontade passar.

Depois de alguns minutos, Sam pergunta:

— Quando foi que você conheceu a Jensen?

É uma pergunta aleatória, e não é bem sobre isso que quero conversar com ela, mas é melhor do que falar sobre Ricky.

— No dia em que chegamos aqui, na biblioteca — respondo a ela. — Jensen é muito legal. Ela me deu um cupcake. E a biblioteca não parece mais uma casa de biscoitos de gengibre mal-assombrada. — Aperto os lábios com força. Falei demais… o comentário sobre os biscoitos de gengibre foi bem esquisito. Mudo de assunto. — Você se lembra dela do ensino fundamental?

Sam dá de ombros, puxando o meu cabelo de leve.

— Ah, sim, a escola era bem pequena. Mas ela é um ano mais velha do que eu, por isso não achei que prestasse atenção em mim. — Ela faz uma pausa e depois acrescenta: — Não que eu esteja dizendo que ela *reparava* em mim. Só que… sim.

— Sim — repito, sentindo-me constrangida sem entender bem por quê. Parece que Sam quer que eu diga alguma coisa, só não sei o quê.

Sam termina as tranças, tirando os grampos do próprio cabelo e enfiando-os na minha cabeça antes de se afastar para me olhar no espelho.

Em vez de duas tranças ao redor do rosto, meus cabelos estão presos em uma coroa trançada, com mechas finas soltas em volta das orelhas.

Com o penteado novo e o pingente de Halmoni no pescoço, pareço uma princesa. Ou melhor dizendo: uma princesa-guerreira.

Não estou acostumada a me ver desse jeito.

— Não me pareço mais com a menina na história do tigre — sussurro, mais para mim mesma do que para Sam.

Sam não se parece com a menina na história há anos, desde que cortou o cabelo na altura dos ombros e ficou com aquela mecha branca. Mas eu sempre usei as tranças. Sempre fui a Pequena Eggi.

Sam dá um gemido.

— Já chega da história do tigre, Lily. Essa história é horrível.

Não sei o que ela quer dizer com isso. Nós adorávamos a história das duas irmãs. Todas as noites íamos ao quarto de Halmoni e pedíamos: "Conta para a gente a história do sol e da lua."

— Como assim?

— Bem, antes de mais nada — começa Sam —, as irmãs são muito burras. Um tigre está arranhando a porta. É *óbvio* que não é a halmoni delas. Por que elas não conseguem perceber?

— Porque ele está vestido de...

— Além disso, a irmã mais velha não para de falar sobre proteger a irmã mais nova e aí vai e abre a janela para o tigre.

Inclino o corpo para trás.

— Não é a irmã mais velha que abre a janela. A irmã mais *nova* abre a porta.

Sam balança a cabeça.

— Não, não é assim.

— É, *sim*. A história é bem desse jeito. — Na história, o tigre escolhe a irmã mais nova. É a ela que ele chama e é ela quem atende ao seu chamado. Ela é que é especial.

Não sei por que Sam está tão confusa. Digo a ela:

— Eggi abre a porta, o tigre persegue as irmãs e, depois de contarem uma história, o deus do céu salva as duas.

— Não. — Algo na voz de Sam me deixa assustada. Uma irritação que não havia ali antes. — As irmãs acabam em lados opostos do céu e nem conseguem mais conversar uma com a outra. Elas se veem todos os dias, mas só para dizer oi e tchau. As duas ficam sozinhas.

Puxo os joelhos de encontro ao peito.

— Não é triste. É feliz. As irmãs escapam do tigre. Ficam a salvo para sempre.

Só que agora não tenho mais certeza.

— É para ser uma história triste, Lily. Todos os contos de fadas foram feitos para assustar as crianças. É uma lição de moral. Tipo: não abra a porta para estranhos e fuja do perigo.

O silêncio toma conta do quarto, preenchendo todos os vãos do piso de madeira. Limpo a garganta e forço as palavras a saírem.

— E se as irmãs não fugissem?

Sam dá um suspiro.

— Como assim?

— Se fosse a sua história e um tigre estivesse te perseguindo... você fugiria ou... enfrentaria o tigre?

Ela hesita.

— Você não está querendo dizer que as histórias são reais de novo, está? Porque...

— Não, não — respondo bem depressa. — Foi uma reação de estresse mental. Eu sei. Quero dizer hipoteticamente.

Silêncio, até que Sam dá uma gargalhada. É tão surpreendente que também me faz rir. Por um segundo, minha ansiedade diminui e a risada dela mais parece um ponto luminoso no meio da escuridão.

— Lily! Você está brincando? É claro que eu fugiria! Sabe, os tigres *devoram as pessoas*.

— É — concordo. Ela tem razão. É a realidade do que estou enfrentando, mas não posso contar nada a Sam.

Ela se levanta e se joga em cima da cama, e eu presumo que a conversa está encerrada. Sam não termina mais as conversas, mas simplesmente foge delas.

Porém, alguns minutos depois, ela diz:

— Se fosse eu na história, já não sei. Não sei se fugiria. Acho que ia querer ser corajosa. Só que, nesse cenário, não sei muito bem qual seria uma atitude corajosa.

21

Com cuidado, tiro o pote verde de estrelas de baixo da cama. Sam está dormindo. A casa inteira está dormindo. E eu estou pronta.

Em silêncio, abro a gaveta onde escondi a artemísia de Halmoni. Quebro um pedaço e enfio no bolso. Prendo o pingente de Halmoni em volta do pescoço. Por fim, pego a cartola de Ricky na cômoda e a coloco na cabeça.

Afinal de contas, nunca se sabe. Talvez ajude. Talvez o chapéu me torne especial. Talvez me transforme em uma heroína.

Com o pote de estrelas na mão e vestida com meus amuletos de proteção, saio do quarto do sótão na ponta dos pés e desço a escada. Recorro à minha invisibilidade e a noite me envolve em sombras. O barulho da chuva encobre meus passos.

Todo mundo dorme profundamente conforme passo pelo quarto de Halmoni e por mamãe no sofá em direção ao porão.

— Será que estou tomando a decisão certa? — sussurro para o pote fechado com rolha.

Nenhuma resposta. Até a casa está silenciosa hoje à noite, como se estivesse à espera do meu próximo passo.

Giro a maçaneta do porão e a porta se abre, convidando-me a entrar.

Dessa vez, não vou ter medo. Halmoni já enfrentou os tigres, e agora eu também vou enfrentar.

Meu nome é Lily e sou corajosa. Sou a neta de minha halmoni.

Não sou caçada por tigres.

Eu é que sou a caçadora.

E uma tigresa não é páreo para mim.

Seguro o pote — a isca — com ambas as mãos e me sento na escada de costas para a porta, de frente para as caixas.

E espero.

***

Não tenho a menor intenção de cair no sono, mas é o que deve ter acontecido, pois acordo com um farfalhar.

Fico de pé e, assim que vejo minha armadilha, sou tomada por um choque de entusiasmo e pânico — pois *consegui*. Por outro lado: *consegui* — e agora tem um tigre no meu porão. Preso.

Com uma das mãos, agarro o pote de estrelas. Com a outra, dou um beliscão na minha perna, só para ter certeza. Mas não é um sonho nem uma alucinação.

Cercada pelo meu círculo de caixas, a tigresa está sentada sobre as patas traseiras, imóvel, exceto pela cauda que balança de um lado para o outro. O luar entra pela janela, fazendo com que suas listras pretas pareçam quase prateadas, e ela é ainda maior do que eu me lembrava — quase grande demais para minha armadilha.

— Que divertido — diz ela, impassível. Parece irritada, mas nem um pouco apreensiva.

Mantenho distância e permaneço onde estou, olhando para ela do meio da escada. Um dos fatos sobre tigres vem à minha cabeça: *Os caninos de um tigre podem cortar seus ossos!*

Mas também me lembro de outro: *Se você olhar um tigre nos olhos, é menos provável que ele te ataque.*

Forço-me a encarar seus olhos amarelos e suas pupilas escuras como poças de tinta preta. Fico firme, fingindo mais coragem do que tenho.

— Você encontrou minha armadilha — digo, abaixando o tom de voz para parecer mais velha.

A tigresa repuxa os lábios em um sorriso.

— Tenho de admitir que por essa eu não esperava.

Dou um pigarro.

— Você disse que podia curar minha halmoni. Agora que está presa, exijo que a ajude.

— Interessante. Não imaginei que você fosse desse tipo. Para o seu azar, não estou presa. Só estou... testando você. — Ela tira uma erva seca do meio das presas afiadas. — A propósito, bela artemísia.

Procuro a artemísia no bolso, mas ela desapareceu — e em um lampejo laranja e preto, a tigresa também desaparece. Minha armadilha fica vazia.

— Nós, tigres, não cedemos às exigências dos outros. — Sua voz vem de trás de mim, eu me viro e a vejo parada na porta, no topo da escada.

Ela é muito maior do que eu, e dá um passo em frente, obrigando-me a descer um degrau. Depois outro e mais outro, até eu chegar no porão, encostada na minha própria parede de caixas. Que bobagem, pensar que seria capaz de enganar um tigre. Que menina mais boba, e agora...

— Mas fazemos acordos. — Sua voz é mais curiosa do que ameaçadora, algo entre um rosnado e um sussurro. — Eu te avisei que só ofereceria uma vez, mas para você, Supergarota Tigresa, talvez eu abra uma exceção. Talvez ofereça um acordo novo e mais divertido.

O pote de estrelas parece escorregar em minhas mãos úmidas e eu o seguro firme.

— Qual é a sua proposta?

— Você devolve as histórias e sua halmoni melhora. Mas eis a parte divertida: para devolver as histórias ao céu, preciso contá-las. — Ela exibe as presas. — E as histórias sempre soam melhor com um público.

Respiro fundo. Uma parte de mim quer ouvir as histórias. Mas Halmoni me disse que eram más. E que *tornavam* as pessoas más, pois todo mundo que as ouvia sentia dor.

— Essas histórias são perigosas — digo.

— São poderosas.

— Você me disse que elas têm o poder de mudar uma pessoa. — Estremeço e, por algum motivo, penso em Halmoni vomitando no banheiro. Por um segundo, ela parecia um monstro.

Os olhos da tigresa brilham no escuro.

— Essa é a minha proposta. É pegar ou largar.

Tenho umas vinte camadas de medo amontoadas sobre meu coração. Medo de dizer a coisa errada. Medo de fazer a coisa errada. Medo de machucar Halmoni. Medo de não salvar Halmoni. Medo de um tigre mágico falante.

Mas se descascar todas as camadas — há algo mais ardendo bem lá fundo do meu peito. A determinação da caça ao tigre. Eu me imagino agarrada a esse sentimento com tanta força que chega a doer.

Posso até ser pequena, mas não sou uma presa fácil.

Limpo os sussurros da garganta e, quando falo, minha voz soa forte.

— Libertar as histórias das estrelas vai mesmo fazer com que Halmoni melhore?

— Claro que sim. — Os olhos dela brilham de um jeito que me diz que suas promessas não significam nada. — Abra os potes, ouça uma história, cure sua halmoni. É bastante razoável.

O pote está quente nas minhas mãos. Lá em cima, o vidro brilhava de leve, mas agora é como segurar uma lanterna. Talvez a luz que entra pela janelinha do porão esteja incidindo no lugar certo ou talvez meus olhos estejam pregando peças em mim. Ou talvez seja a magia dentro do pote, despertando depois de dormir por tanto tempo. O que pensei que fossem grãos de poeira, agora mais parecem estrelas — uma galáxia inteira em miniatura capturada ali dentro.

— Não confio em você. — Tenho que dizer só para constar. Tenho que dizer porque sei: vou fazer isso mesmo assim.

Estou cansada de ser uma GAT, com medo de fazer o que quer que seja. Pela primeira vez, quero ser a heroína.

— Vamos lá — ronrona ela. — O que você me diz? Aceita minha proposta?

Seguro o pote com força e me preparo.

— Aceito.

As presas afiadas da tigresa brilham no escuro.

E eu abro o pote.

22

A rolha escorrega do pote com um estalido. Depois, mais suave, vem um som sibilante.

A luz das estrelas parece se derramar do pote, uma Via Láctea inteira transbordando pela boca, e então a tigresa se aproxima. Fecha os olhos, pressiona os bigodes contra a borda — e bebe as estrelas.

O porão dança em cores, azul-escuro, laranja e roxo e, por um segundo, quase consigo ouvir o rugido do oceano. Quase consigo sentir o cheiro do mar.

À medida que a tigresa bebe, o vidro na minha mão fica cada vez mais leve até parecer feito de ar. Assim que termina, ela dá um passo para trás e estala os lábios.

— Ah — diz ela —, senti falta dessa.

Em seguida, ela começa.

***

Muito, muito tempo atrás, quando o homem andava como o tigre, quando as noites eram escuras como a tinta, muito antes do sol, da lua e até das estrelas, havia uma menina nascida de dois mundos. Ela tinha dois conjuntos de pele e podia mudar como bem entendesse: de tigresa para humana e de humana para tigresa.

Ela amava sua magia e amava os dois mundos da mesma forma. O problema era que ela tinha que manter isso em segredo. O mundo ao seu redor era dividido em dois — os humanos não confiavam nos tigres e os tigres não confiavam nos humanos, e nenhum deles queria um traidor dormindo em suas cavernas.

Sendo assim, a menina de dois mundos tinha uma vida dupla. De dia, ela era humana. À noite, uma tigresa. Mas receio que seja um jeito exaustivo de se viver.

Os tigres são selvagens, incontroláveis. Falam a verdade e devoram o mundo. Estão sempre querendo mais. Mas as meninas humanas, disseram a ela, não foram feitas para querer. E, sim, para ajudar. Para serem quietas.

E, às vezes, a garota-tigresa confundia suas vidas. Sentia as coisas erradas na hora errada. Emoções demais para uma humana, medo demais para uma tigresa. Seria muito mais fácil ser só uma coisa.

Pior ainda, seu segredo a tornava solitária. Ela tinha amigos e familiares em ambas as formas, mas ninguém conhecia sua alma.

Que jeito horrível de se viver, *pensou ela. Mas ela vivia assim mesmo. Carregava seu segredo, trancado dentro de si, até que um dia seu corpo mudou e assumiu uma nova forma: ela teria uma bebê.*

Uma bebê nascida de dois mundos. Nascida com a mesma magia — a mesma maldição.

Mas a garota-tigresa, agora mãe-tigresa, sabia o que tinha de fazer. Não deixaria sua filha viver uma vida dividida em duas. Então, a garota-tigresa pediu à mãe humana para proteger sua bebê e partiu para escalar a montanha mais alta de todas, subindo até chegar ao deus do céu.

Nunca me queixei, *ela disse a ele,* mas faço isso pela minha filha. Peço que você a poupe. Tire a magia dela. Torne-nos humanas e bloqueie nosso lado tigre.

O deus do céu não ficou nada satisfeito. Ele não costuma conceder favores. Mas ela implorou tanto. Então, o deus do céu disse: Sim, tudo bem. Vou conceder seu desejo. Posso tirar sua magia e a da sua bebê, mas antes... hum... sua bebê deve viver sozinha em uma caverna durante cem dias, longe do sol. Ah, e ela só pode comer artemísia.

A garota-tigresa ficou horrorizada. Não podia prender sua bebê em uma caverna! *Não havia outro jeito?* Por favor, por favor, por favor. *Ela implorou sem parar.*

O deus do céu ficou irritado. Que mulher difícil. Mas percebeu que aquela situação era meio que culpa sua. Foi ele quem lhe dera uma segunda pele por acidente. Então, ele disse: Sim, tudo bem. Há outro jeito. Vou bloquear a magia de sua filha em troca da sua ajuda.

Se quer saber, estou ficando velho. (Quero dizer, é claro que ainda sou inteligente, forte, bonito etc.) Mas, algum dia, vou precisar de alguém para me substituir.

Venha viver como uma princesa do céu, no meu castelo no céu, e aprenda minha magia. Em troca, concederei seu desejo.

Então a garota-tigresa concordou, e o deus do céu, tão generoso, deu-lhe um último dia com sua filha.

A garota-tigresa ficou triste por deixar sua bebê, mas sabia que sua filha estaria a salvo. Sua filha nunca ficaria perdida e sozinha com seus segredos.

Antes de partir, a garota-tigresa deu um abraço de despedida em sua bebê e começou a chorar e, quando a última lágrima caiu de seus olhos, ela se transformou em uma pérola — um último adeus, um pingente para sua filha usar logo acima do osso do coração.

Adeus, *sussurrou ela,* e fique a salvo

Em seguida, ela teve que partir. O deus do céu jogou uma corda (ou uma escada — depende para quem você pergunta), e ela subiu cada vez mais até chegar ao seu castelo.

Morar no reino do céu é bem caro, por isso, a garota-tigresa teve que arranjar um emprego: a noite era muito escura e alguém precisava iluminá-la.

***

Quando a tigresa termina, a noite parece um pouco mais clara, como se houvesse mais uma estrela no céu. Mas posso estar imaginando coisas.

A tigresa lambe os lábios, engolindo bocados de poeira estelar, e fecha os olhos, saboreando seu gosto.

Não sei explicar muito bem como a história desceu no meu peito. Sei como é carregar um segredo de tigre, sem poder contar à minha família para não assustá-las. E sinto que a história iluminou uma parte de mim que pensei estar oculta.

Não sei bem como me sinto em relação a isso, mas sei como me sinto em relação a outra coisa: detestei que a garota-tigresa tenha abandonado sua bebê.

— E se a bebê precisasse dela? Ela podia ter arranjado outro jeito. Não *precisava* partir.

— Você está com raiva — diz a felina baixinho.

— Não estou... eu não... — Sinto-me tola, pois é só uma história. Sei que não devia me afetar tanto e não entendo por que afetou. Talvez fosse isso o que Halmoni queria dizer com uma história má.

— Não faz mal se sentir fora de controle — diz ela.

— Por que Halmoni quis esconder essa história? — Meus dedos encontram o pingente em volta do meu pescoço e eu o aperto com força. — Essa pérola... era sobre ela? Era a história *dela*?

— Pequenina, essa é uma história muito antiga. Não interessa a quem já pertenceu. Agora pertence ao céu... para todo mundo ver. — Há algo triste e distante em sua voz. Algo que me diz que há mais nessa história. Tento ler os pensamentos da tigresa, mas quando meneia a cabeça, seus olhos recaem na sombra. No escuro, são imponderáveis como uma noite sem estrelas.

Giro o colar nas pontas dos dedos, sentindo que estou deixando de ver alguma coisa.

— Então, e agora? Halmoni vai melhorar?

— Mais cedo ou mais tarde — responde ela —, mas ainda não. Acabamos de começar, e há consequências ao se falar a verdade.

Faço uma pausa.

— Pensei que você tivesse dito que isso iria ajudá-la.

— A verdade é sempre dolorosa, ainda mais quando está escondida há tanto tempo. É natural que surjam complicações inesperadas. — Ela dá de ombros, tentando parecer descontraída, mas seus músculos tensos ondulam por baixo do pelo. — Enfim, traga o próximo pote de estrelas amanhã, às duas da madrugada, que eu vou te contar outra história. Ah, e traga uns bolinhos de arroz também. É o mínimo que você pode fazer, já que temos que nos encontrar neste porão abafado.

— Espera aí, quais consequências? — pergunto. E se eu não gostar delas? E se eu mudar de ideia? — Agora me dou conta de que concordei com algo que não compreendo.

Ela lambe os lábios de novo.

— Receio que não tenha mais escolha. Já libertou a história. Você ouviu o começo, mas sua halmoni não vai sarar antes de chegarmos ao fim.

A tigresa se afasta de mim e volta a subir as escadas. Os degraus não rangem sob seu peso — é como se ela fosse feita de ar.

— Vai piorar antes de melhorar, Pequena Eggi — diz ela sem olhar para trás. — Mas se você fizer o que digo, *vai* melhorar. Confie em mim.

23

Na tarde seguinte, anuncio:

— Tenho que fazer bolinhos de arroz.

Quando desço, vejo mamãe e Halmoni sentadas à mesa de jantar e me junto a elas, afundando em uma cadeira. Tento dar um sorriso do tipo: *Ha-ha. Normal. Não há nenhuma tigresa aqui.*

— Ah, sim — diz Halmoni. — Boa ideia, pequenina. Fazemos isso mais tarde.

— Ou, hum, agora? Que tal agora?

Sam está esparramada no sofá, com o celular pairando na frente do rosto, mas olha para mim com a sobrancelha arqueada. Eu a ignoro.

Mamãe respira fundo e coloca um sorriso no rosto.

— Na verdade, eu estava pensando que seria bom darmos um passeio hoje. Seria ótimo sair de casa e fazer alguma coisa. Em família.

— Podíamos fazer bolinhos de arroz em família — digo. — Halmoni pode ensinar pra gente.

O sorriso falso de mamãe fica ainda mais falso.

— Lily. Seria tão divertido. Quem sabe *depois* de sairmos?

Sam abaixa o celular.

— Mamãe está obcecada em sair porque Halmoni não para de importuná-la por causa das caixas.

Mamãe dá um pigarro.

— Isso não é...

Mas Halmoni me diz:

— Sua mãe mexeu nas caixas ontem. Eu digo a ela que não é bom. Digo que os espíritos não gostam. Mas é claro que ela não escuta.

Cravo as unhas nas palmas das mãos e concordo com a cabeça, apesar de sentir que há uma placa gigante por cima da minha cabeça que diz: FUI EU.

— *Enfim* — diz mamãe entredentes —, não é por isso. Só achei que era uma boa ideia, porque Halmoni estava me dizendo que se sentia muito *bem* hoje.

Agora que mamãe mencionou, Halmoni parece bem melhor mesmo. Ondulou os cabelos e está até usando um batom cor-de-rosa, o que não fazia há um bom tempo.

Mas isso só me faz querer cozinhar *agora*, antes que ela precise descansar outra vez.

Sam dá de ombros.

— Vamos almoçar naquele restaurante asiático, na esquina da Willow com a Vine?

Viro para olhar de cara feia para Sam. Ela só fica interessada em fazer coisas em família quando entra em conflito com os *meus* planos.

Mamãe franze a testa.

— Hã, sério? Por quê?

— Estou com vontade — responde Sam.

— Aquele lugar é meio... — Mamãe faz uma cara de quem está sentindo cheiro de alho podre, mas tentando ser educada. — Bem, não é autêntico.

— Não mesmo — concordo, entrando na conversa. — Então, é melhor a gente ficar...

Sam me corta:

— Mãe, só estou dizendo. É só uma sugestão. Só estou *tentando* passar um tempo com a minha família.

Mamãe dá um suspiro.

— Certo, tá bom. Desde que Halmoni concorde com isso.

Sinto uma vontade súbita de gritar, mas Halmoni bate palmas e abre um sorriso.

— Sim, ótimo! Eles têm o melhor molho agridoce. Meu preferido.

Sou voto vencido e por isso nos arrumamos para sair.

Mas, ao nos amontoarmos no carro, Halmoni se vira para mim.

— Depois eu te ensino a fazer bolinhos de arroz — sussurra ela. — Prometo.

***

O letreiro do restaurante diz DRAGON THYME! em letras cursivas vermelhas e há dois leões de pedra junto às portas, protegendo a entrada.

— Há séculos que não venho aqui — diz mamãe, enquanto nos leva lá para dentro.

— Eles têm um bom molho agridoce — Halmoni nos lembra, e mamãe dá um suspiro.

No interior, as paredes são revestidas por telas shoji[5] pintadas com flores de cerejeira cor-de-rosa. Há lanternas vermelhas de papel penduradas no teto e uma estátua dourada de gato em um dos cantos, acenando: *Olá! Olá!*

No entanto, fico absorta pelo quadro logo acima do estande da recepcionista. É uma pintura coreana clássica de um tigre, com olhos tão grandes e redondos quanto bolinhos de arroz. Parece até que o animal está rindo.

De repente, fico toda suada. Está tão quente ali dentro.

— Sam — sibila mamãe —, o que é que você está fazendo?

Olho para minha irmã, que está vasculhando nervosamente o restaurante, toda ansiosa, como se estivesse procurando alguma coisa; só não sei dizer se ela quer encontrar ou se está com medo.

— Nada — retruca Sam, ficando tão vermelha quanto as lanternas.

Por um segundo, fico imaginando se ela está à procura do tigre, mas não. Não me permito ter esperança.

Uma garota, provavelmente da idade de Sam, vem até nós. Ela tem pauzinhos espetados no cabelo loiro e olhos tão grandes e redondos quanto biscoitos com gotas de chocolate.

— Oi! Meu nome é Olivia e vou atender vocês hoje! Me acompanhem até sua mesa!

Quando ela nos leva pelo restaurante, percebo a decepção no rosto de Sam, mas a expressão some bem depressa.

---

5. Painéis estruturados em madeira e preenchidos com papel translúcido. [N. T.]

Olivia nos acomoda e distribui os cardápios, e Halmoni pede carne de porco agridoce, camarão agridoce e carne agridoce. Só para começar.

Assim que Olivia se afasta, Sam comenta:

— É como se um estereótipo asiático tivesse vomitado por todo a parte.

Em seguida, ela olha para Halmoni e engole em seco. E estuda o cardápio com atenção.

Penso em Halmoni vomitando na estrada e também estudo o cardápio, embora não veja nenhuma opção de sashimi.

— Não venho aqui desde os anos 1990, e as coisas não melhoraram nada — diz mamãe. — Mas, nossa, como esse lugar me traz lembranças.

Pergunto: *Você está contente por ter ido embora? Você se arrepende de ter partido? Ou se arrepende de ter voltado?*

Mas faço isso em silêncio, só na minha cabeça.

Halmoni dá uma risada e balança o dedo.

— Ah, sua mãe nos anos 1990…

Mamãe arqueia as sobrancelhas para Halmoni.

— Como é que é?

Halmoni dá uma gargalhada.

— *Tão* encrenqueira.

Mamãe tenta parecer irritada, mas acaba sorrindo.

— Tá bom, como você quiser.

Olho de uma para a outra. Halmoni já disse isso antes, mas ainda não consigo imaginar. Mamãe adora regras.

— O que ela fazia? — pergunto. — Como é que se metia em encrenca?

Mamãe começa a rir.

— Halmoni está sendo dramática demais, como sempre.

Olho de relance para minha irmã e é um momento de cara ou coroa: estamos do mesmo lado ou não?

Sam se inclina para frente.

— Vamos lá, Halmoni, conte as Histórias de Mamãe para a gente. — Então lança um sorrisinho para mim e meu coração fica cheio de amor.

Acho que a tigresa estava enganada quanto às *consequências*, porque minha família nunca esteve tão feliz desde que nos mudamos para cá.

Halmoni sussurra para nós duas:

— Tantos namorados.

— Mamãe tinha muitos namorados? — pergunto.

Mamãe bufa de desdém.

— Não tinha, não.

Halmoni estala a língua em desaprovação.

— Um monte. Saía de fininho toda hora para se encontrar com eles.

Sam faz um som de engasgo e, pela primeira vez, imagino se ela está namorando. Nunca pensei que ela tivesse namorados.

Mamãe dá um pigarro.

— Em primeiro lugar, isso não é verdade. E *Halmoni* é que era a encrenqueira. Sabe, ela fez seu pobre pai comer lama.

— *O quê?* — pergunta Sam. Geralmente, quando alguém menciona papai, Sam fica melancólica, mas agora parece surpresa. Interessada. Como se ouvir histórias sobre papai fosse algo divertido e não mais terrível.

— Lama faz bem para ele — diz Halmoni. Ela tem um olhar feliz e triste ao mesmo tempo, cheio de saudades de papai. — Ele sempre conta histórias... fala demais, mas não pensa. Ai, ai. A lama o ajuda a manter os pés no chão, a pensar antes de falar.

Mamãe bufa.

— Foi horrível.

— Fiz um milkshake para ele — diz Halmoni. — Um milkshake com um *bocadinho* de lama. Mas ele levou sua mãe embora. Isso é ruim. Um bocadinho de lama? Não tão ruim assim.

Sam arqueia a sobrancelha para mim como se dissesse: *Acredita nisso?* E eu franzo a testa como se respondesse: *Halmoni é sinistra.*

— O que foi que aconteceu? — pergunto. — Papai sentiu o gosto? Ele percebeu?

Mamãe ignora minha pergunta e se vira para Halmoni.

— Ele não me levou embora. Eu fui para a faculdade.

Halmoni se inclina para frente e murmura em voz alta, aproveitando o sentimento de culpa de mamãe.

— Era para ela voltar depois, mas ele a levou embora. Trocou a pobre Halmoni por um homem branco. Mas sua mãe era jovem demais para saber das coisas.

O queixo de mamãe começa a tremer.

— Ninguém me levou embora — repete. — Fui embora por vontade própria. Eu queria ir embora. — Nesse instante, ela engole em seco, como se quisesse retirar o que disse. Mas não dá. Não há como voltar atrás.

O momento feliz em família desaparece por completo. Olho para Sam, mas ela está ocupada esfregando os pauzinhos, como se quisesse atear fogo e incendiar o lugar inteiro.

Olivia chega com nossos pratos agridoces.

— Aqui estão as entradas! — cantarola ela. — Já estão prontas para pedir os pratos principais?

— Vamos precisar de mais um minuto — responde mamãe com seu clássico sorriso falso.

Olivia assente e vai embora.

Ficamos olhando para a comida por alguns segundos, até que mamãe diz: "É melhor comermos logo" e se inclina para frente, pegando alguns camarões para nos servir.

— Não, não! — grita Halmoni. Bem alto. O casal da mesa ao lado olha para nós e depois desvia o olhar.

Halmoni coloca a mão sobre a de mamãe e a força a largar a colher de servir.

— Vamos esperar os espíritos.

O sorriso de mamãe fica tenso.

— Aqui não, viu? Estamos em um restaurante.

— Escuta — diz Halmoni para mamãe. E depois para mim: — Lily, você põe a mesa.

Minhas mãos ficam todas suadas. Está tão quente aqui dentro.

— Como assim?

— Temos que terminar o kosa. Cadê o Andy? Ele vem ajudar.

Sam começa a roer as unhas.

— Papai não… — diz ela, mas mamãe interrompe sua fala.

— Ele está no trabalho. Logo chega em casa — diz ela.

Halmoni olha à sua volta, mas não vê nada de concreto. Seus olhos estão vidrados. Ela diz alguma coisa em coreano que nenhuma de nós consegue entender.

— Mãe — sussurro. — O que está acontecendo?

— Você não lembra que já conversamos sobre isso? — diz mamãe em voz baixa. — Às vezes Halmoni vai para o lugar errado ou para a época errada.

Se Halmoni está vendo coisas que não existem — se *ela* não está *aqui* —, então é como se não fosse mais a Halmoni de verdade.

Ela se levanta e vai até a mesa ao lado, cantarolando uma canção de ninar coreana e pegando o prato do homem. Ele larga os pauzinhos sobre a mesa e exclama, assustado.

Mamãe dá um pulo.

— Não, mãe. Não precisamos fazer isso. — Ela pega o prato de Halmoni e o devolve ao homem, pedindo desculpas.

— Tudo bem — diz ele, cheio de empatia. — Conheço Ae-Cha. Será que posso fazer alguma coisa para ajudar…

Mas não há nada que ele possa fazer, pois Halmoni dá a volta na mesa, pega o prato da mulher e o coloca na nossa mesa.

— O perigo está vindo, por isso fazemos o perigo ir embora — explica ela. — Kosa.

Só que não é o kosa. São as consequências.

— Halmoni... — murmura Sam. Ela sempre esconde o próprio medo, esforça-se tanto para não ser uma GAT. Mas agora Sam está com medo. Quieta.

O que torna tudo pior.

Do outro lado do restaurante, um bebê começa a chorar, berrando a plenos pulmões. E eu sei que devo ter chorado daquele jeito, mas não consigo me imaginar expressando meus sentimentos em voz alta, berrando quando precisava dizer: *Não está nada bem no meu mundo.*

— Mãe — sussurro quando Halmoni tenta pegar outro prato. — É melhor a gente ir embora.

Exceto pelo bebê, o restaurante fica em silêncio enquanto todo mundo assiste à cena, fingindo que aquele não é o pior momento de todos os tempos. Fingindo que está tudo bem.

Halmoni deixa cair o prato de uma mulher, que se estilhaça no chão, derramando molho de soja e alguma coisa gosmenta sobre os sapatos dela. Um dos garçons vem correndo para tentar ajudar, mas ninguém sabe muito bem o que fazer.

E então mamãe — que é tão boa em agir normalmente e sempre dá um sorriso falso — pega Sam e eu pelo braço e empurra Halmoni porta afora, enxotando nós três do restaurante e dizendo: "Vai-vai-vai" enquanto Halmoni vocifera sobre espíritos, o kosa e o perigo, e a estátua dourada de gato acena *Adeus! Adeus!*, e Sam fica de cabeça baixa, e eu tento ignorar a sensação de suor, calor e desmaio.

Até chegarmos lá fora.

No estacionamento, mamãe se atrapalha com a maçaneta da porta do carro e bate a cabeça contra a janela.

— Esqueci a bolsa lá dentro — murmura ela. — Podem buscar, meninas? Ah, e deixem duas notas de vinte na mesa para pagar a conta.

Sam fica parada onde está, mas eu concordo com a cabeça.

Engulo em seco e volto para o restaurante, pois sou obrigada. Embora seja um lugar ruim e quente demais, e todo mundo esteja olhando para mim, e eu não queira fazer isso.

Fico de cabeça baixa ao passar depressa pelos clientes, pego a bolsa de mamãe e jogo o dinheiro em cima da mesa.

Passo pelo quadro do tigre e estou quase saindo pela porta quando a garçonete berra:

— Espera! Com licença! Desculpa! Espera um pouco!

Ela corre atrás de mim, e eu não quero começar a chorar, mas sinto um nó na garganta como se estivesse prestes a fazer isso.

Não sei se paguei o bastante, ou se ela está furiosa com a comida que Halmoni deixou cair no chão, ou se quer me banir do restaurante para sempre.

— Aqui está sua comida — diz ela, entregando-me um saco cheio de quentinhas com nossos pratos agridoces lá dentro.

Murmuro um *obrigada*, ela estende a outra mão e coloca alguma coisa no meio da minha palma. É um monte de balas de frutas, daquelas que se distribuem nos restaurantes.

— Ah! — exclamo, olhando para elas. Sinto que todo mundo toma muito cuidado para *não* olhar para nós duas. Para *não* ouvir nossa conversa. — Tá bom.

— Não é suficiente para pagar a conta — diz ela baixinho —, mas meu avô teve Alzheimer. Sei como é difícil. Ele sempre esquecia onde estava, quem nós éramos e... Sinto muito que você esteja passando por isso.

Fico com vontade de dizer à garçonete que não é a mesma coisa. Halmoni jamais se esqueceria de nós. É só um efeito colateral de libertar a história das estrelas, mas ela vai melhorar, não é como o avô dela.

Mas não deixa de ser legal que aquela garota se importe comigo.

— Obrigada — digo, e seguro as balas de encontro ao peito até parar de doer tanto.

24

— Obrigada pela ajuda, meninas — diz mamãe enquanto voltamos do restaurante para casa.

Sam está sentada no banco do passageiro e Halmoni no banco de trás comigo, dormindo com a cabeça no meu ombro.

Fico bem quieta para não acordá-la.

Mamãe respira fundo.

— Na última consulta médica de Halmoni, o prognóstico não foi nada bom. Ela pode ter alguns meses de vida ou talvez apenas uma semana. E é por isso que quero aproveitar ao máximo os dias bons. Não temos como saber.

As palavras de mamãe pairam no ar por alguns segundos, sugando todo o oxigênio.

E então, Sam explode.

— Você só pode estar de *brincadeira*! É tão injusto. Viemos até aqui e agora ela vai morrer?

Halmoni se remexe ao meu lado, mas não acorda.

— Sam, fala baixo — digo. Mas as palavras soam fracas. Não consigo pensar direito.

— Viemos aqui para passar um tempo com ela — diz mamãe. — Para aproveitar ao máximo o que ainda temos.

— E se houver outro jeito? — pergunto, tomando o cuidado de manter a voz baixa. — E se houver algo que a gente possa fazer?

É claro que mamãe não entende o que quero dizer.

— Há alguns tratamentos — explica ela —, mas têm tantos efeitos colaterais e não são nada garantidos. Halmoni não quer passar por isso.

Efeitos colaterais. Consequências. Por que será que a esperança sempre tem um preço alto?

— Bem — diz Sam — vale a pena se ela puder viver mais tempo. Você não pode *obrigar* Halmoni a fazer os tratamentos?

Mamãe segura o volante com firmeza.

— Temos que respeitar a Halmoni. A escolha é dela, não nossa.

— Sim, mas se há algo que a gente pode fazer e você não faz, então está basicamente *matando* Halmoni.

As palavras de Sam me dilaceram, mas não dou nem um pio.

— Não é bem assim — diz mamãe.

Sam bufa em discordância.

— Agora está nas mãos de Deus — fala mamãe, embora as palavras saiam mais agudas no final, como se fosse uma pergunta.

Pela janela, o mundo fica verde, cinza, verde, cinza, e eu procuro a tigresa, mas ela não está lá fora.

Pela primeira vez, as palavras de Sam soam suaves.

— E se eu não acreditar em Deus?

O silêncio ressoa em meus ouvidos, e então mamãe diz algo que as mães jamais deveriam dizer.

— Aí já não sei.

Chego mais perto de Halmoni e entrelaço os dedos nos dela. Ela dorme profundamente, mas imagino que esteja traçando minha linha de vida com o polegar. Imagino que esteja dizendo: *Nem tudo está bem, mas vai ficar.*

Porque eu vou fazer com que fique bem. Mamãe não vê outro jeito. Sam não acredita em nada.

Mas eu, sim.

E se elas não podem ajudar Halmoni, eu vou.

***

Depois de chegarmos em casa, levar Halmoni pela escada externa até o quarto dela e Sam sumir com os fones de ouvido e o celular, digo à mamãe:

— Tenho que fazer bolinhos de arroz.

Mamãe passa a mão pelo meu cabelo e me dá um beijo na testa.

— Hoje, não, querida. Desculpa. Quem sabe amanhã?

Faço que não com a cabeça.

— Tem que ser hoje. Não posso esperar. *Preciso* fazer os bolinhos.

Mamãe dá um passo para trás, sem saber o que fazer com minha súbita determinação.

— Amanhã, tá bom? Prometo. Só não quero fazer barulho nem distrair Halmoni hoje. É melhor mantermos a casa sossegada e não fazer nada que possa deixá-la chateada.

Não entendo por que fazer bolinhos de arroz deixaria Halmoni chateada, mas mamãe se mantém firme.

Então, assim que ela vai ver como Halmoni está, ligo para Ricky.

— Ei — digo quando ele atende. — Posso passar aí?

25

Não é difícil convencer mamãe.

Assim que digo que quero visitar um amigo, ela concorda em me levar para a casa dele no fim da tarde. Qualquer coisa para me tirar de casa. Qualquer coisa para nos distrair.

Depois de confirmar com o pai de Ricky, ela diz:

— Que bom que está socializando com seus colegas. — Um jeito exagerado de dizer: *Que bom que você tem amigos*; a frase mais típica da minha mãe de todos os tempos.

À medida que nos aproximamos da casa de Ricky, a cidade começa a mudar. As casas ficam maiores e mais bem pintadas. A vizinhança parece se expandir. É como se a de Halmoni fosse uma versão encolhida e esquecida da cidade.

— Ricky Everett — murmura mamãe, verificando o endereço no celular outra vez. — Conheço a família dele.

— Você conhece o pai dele? — Fico imaginando se ele sempre foi assustador ou se só ficou assim depois de adulto, mas não sei muito bem como perguntar.

— Mais ou menos. O pai dele é alguns anos mais novo do que eu e fomos para o ensino médio na mesma época, mas não chegamos a ser amigos. Mas a família dele é dona da fábrica de papel, onde fica a maior parte do comércio da cidade. Por isso, todo mundo os conhece *pelo nome*.

Sei que não devia fazer diferença, mas levo um segundo para digerir: Ricky é rico. Não sei bem como isso muda minha percepção a respeito dele, mas muda um pouquinho, sim.

Nosso carro entra na longa estrada de acesso à casa, passando por arbustos em forma de coelhos e gatos. Nunca vi nada parecido com aquilo e fico fascinada. Eles remodelaram a natureza só porque lhes deu na telha.

— Mas que… exagero — murmura mamãe. — Não acha?

Concordo com a cabeça, olhando para a casa que mais parece uma mansão. Há duas colunas de pedra em espiral emoldurando a porta da frente e as enormes janelas são cobertas por cortinas de veludo escuro.

Se a casa de Halmoni é a de uma bruxa no topo da colina, aquela casa é de uma senhora enfadonha que trabalha em um museu chique e não para de dizer: *Silêncio*; *Não toque* e *Para trás*.

Não consigo nem imaginar Ricky naquela casa.

Mamãe estaciona e pega na minha mão antes que eu saia do carro.

— Me ligue quando quiser voltar para casa. Se ficar chateada e tal. Não quero que se sinta culpada por ficar contente, mas também não quero que pense que *precisa* se sentir assim.

Sinto um nó na garganta, por isso apenas concordo com a cabeça. Caminhamos até a porta da frente e tocamos a campainha. Em vez de tilintar, a campainha começa a tocar música clássica.

— Não sabia que uma campainha podia fazer isso — sussurro para mamãe.

Ela tenta não sorrir.

— Acho que é Bach.

O pai de Ricky atende a porta. Está vestido com uma camisa social e calças cáqui, elegante demais para uma noite de sexta-feira.

Fico com vontade de olhar para baixo e sumir, pois sou a Garota da Mercearia, mas me forço a ser corajosa. Olho para ele.

Ele abre um sorriso. Não parece ser uma pessoa ruim, mas talvez esteja disfarçado.

— Você deve ser a Lily. Prazer em conhecê-la oficialmente. Eu sou o Rick.

Pisco os olhos. Sei que muitos pais dão o próprio nome aos filhos, mas não deixo de achar estranho.

Mamãe me cutuca, e eu limpo a garganta.

— O prazer é meu — digo com minha voz supereducada.

— E Joan Ku! — Ele abre a porta por completo, convidando-nos a entrar. — Quanto tempo!

— Agora é Reeves — diz mamãe. Ela dá um sorriso sem graça e encolhe os ombros, algo que não é do seu feitio. Parece diminuída ali.

Entramos e, sem a menor surpresa, a sala de estar é tão grandiosa quanto a parte externa da casa. O tema da decoração deve ser a cor vermelha, pois há almofadas vermelhas no sofá vermelho, cortinas de veludo vermelho e um tapete oriental vermelho.

— Sua casa é linda — diz mamãe em um tom de voz afetado e excessivamente formal.

O pai de Ricky dá de ombros, quase envergonhado.

— Foram meus avós que construíram a casa.

Respiro fundo, pois a casa acabou de ficar bem mais interessante.

— Aqueles que… — Lembro tarde demais que Ricky não devia contar a ninguém sobre a caça aos tigres, por isso engulo as palavras. — Os bisavós de Ricky? — concluo, desajeitada. Agora é que fico *mesmo* com vontade de sumir.

Ele me lança um olhar esquisito, mas não indelicado. É o clássico olhar que mais parece dizer: *Essas crianças, hein?* Olhar que os adultos parecem adorar.

Mamãe alisa minhas costas, supondo que ainda estou abalada pelo que aconteceu no almoço. Não deixa de ser verdade.

Ricky entra na sala com um gorro preto de orelhas de gato.

— Lily! Vem cá! — diz ele, fazendo um sinal para que eu o siga.

— Não se esqueça de me ligar quando quiser voltar para casa! — diz mamãe, esticando o braço como se quisesse me agarrar e abraçar para sempre.

Dou tchau para ela e deixo nossos pais continuarem o bate-papo: "Há quanto tempo você está na cidade?" e "Acabei de voltar, estou procurando emprego."

Quero apreciar a dimensão da casa, mas Ricky anda depressa, levando-me para fora da sala de estar e passando por uma série de… outras salas de estar.

Há uma sala de estar com TV de tela plana, uma sala de estar com mesa de sinuca, uma sala azul e uma sala amarela. Tento espiar cada uma delas, secretamente à procura de provas da caça aos tigres, mas não encontro nada além de obras de arte e móveis sofisticados.

— Desculpa pela casa — diz Ricky.

— Não precisa pedir desculpa. É bonita — digo. — Parece até um museu.

Ele faz uma careta, e eu fico mal com isso. Lembro o que Ricky disse sobre minha casa e não tive a intenção de ofendê-lo.

Agora já não sei se ele ficou surpreso com as esquisitices da minha casa ou com seu aconchego. A casa de Halmoni é segura e acolhedora; na de Ricky, parece que vão gritar com você se fizer bagunça.

— Desculpa. Esquece o que eu disse — peço enquanto ele me leva até a cozinha.

— Que legal que você está tão envolvida nisso — diz ele. — Também vai ajudar a fazer o cartaz amanhã?

Fico olhando para ele.

— O quê?

— Para a venda de bolos — explica ele. — Não é para isso que vamos fazer esses bolinhos?

— Hã. — Abro e fecho a boca sem falar nada. Eu disse a Ricky que precisava assar uma coisa, então é claro que foi a essa conclusão que ele chegou. — Certo! Sim. É isso... sim.

Ele dá risada.

— Você é tão esquisita.

— Ah.

— Mas não de um jeito ruim. — Ele solta um pigarro e parece não saber muito bem o que dizer. — De um jeito interessante.

— Obrigada — murmuro, embora não tenha certeza de que seja a resposta certa. Sam sempre diz *interessante* pausadamente, como se fosse algo *ruim*. Mas quando Ricky diz isso, não parece nada ruim. Parece ser a verdade.

Eu falo com tigres. Monto armadilhas mágicas. Talvez eu seja interessante, *sim*.

Ele abre uma despensa que é maior do que o nosso banheiro. Tudo está separado por cores e etiquetado.

— Não sei muito bem o que tem aqui dentro — diz ele. — Nosso chef usa todas essas coisas, mas eu não passo muito tempo na cozinha.

Tento não demonstrar surpresa ao ouvir *nosso chef*, mas ainda assim é bem esquisito.

— Não sei fazer bolinhos de arroz — digo, só agora me dando conta do quanto estou despreparada.

Ricky abre um sorrisão.

— E eu não sei fazer *nada*!

Procuro uma receita no Google e começamos a misturar os ingredientes: farinha de mochi, açúcar mascavo e leite de coco. Só que a massa parece tão estranha. Está encaroçada e líquida demais e não tem o cheiro da massa de Halmoni.

Além disso, Ricky não tem pasta de feijão azuki para o recheio, então improvisamos com geleia de uva e, quando ficam prontos para ir ao forno, os bolinhos de arroz têm uma aparência absolutamente errada.

O que faz com que *eu* me sinta absolutamente errada.

Sinto aquele calorão outra vez, minha garganta se fecha e...

— Vamos ter que jogar tudo fora. Estão muito ruins — disparo.

Ricky franze a testa.

— Mas... eu queria... comer os bolinhos?

Levanto o tabuleiro e dou uma volta pela cozinha, procurando a lata de lixo.

— Desculpa, mas não. Não podemos comer. Eles têm que ser perfeitos. E *não* estão perfeitos. Não são como os de Halmoni, porque ela não pode fazer os bolinhos agora, e eu não sei fazer. Não consigo fazer.

— Então tá — diz Ricky. Ele tira o tabuleiro das minhas mãos bem devagar como se estivesse se aproximando de um animal selvagem.

Fico olhando para o tabuleiro. Ele fica olhando para mim.

— Tá tudo bem? — pergunta ele.

Com os olhos fixos no tabuleiro, respondo:

— Minha Halmoni está agindo de um jeito esquisito. Sei lá.

— Ah.

— Pois é.

Ele fica calado, pois acho que sabe como são as coisas: às vezes, você não quer falar sobre um assunto complicado. Só quer que alguém saiba o que está acontecendo.

Depois de um silêncio talvez muito longo, ele diz:

— Minha mãe nunca usava uma receita quando cozinhava. A comida sempre ficava diferente. Ainda podemos assar os bolinhos, se você quiser. Talvez não estejam perfeitos, mas podem ser gostosos mesmo assim.

Respiro fundo e faço que sim com a cabeça.

Enquanto os bolinhos de arroz estão no forno, ele me distrai listando suas vinte comidas preferidas em ordem crescente (pudim de baunilha e de chocolate têm seu respectivo lugar). De repente, deixo escapar:

— Você devia estudar mais para a prova de literatura.

Não me dou conta de como aquilo soou mal até ver o rosto tristonho dele, mas não foi isso que eu quis dizer.

— Porque sei que consegue passar — explico. — Você parece ser tão inteligente. Além disso, você vai para o sétimo ano, não vai? Então, se você passar, vamos ficar no mesmo ano. Podemos estudar juntos no ensino médio.

Nessa hora, percebo o quanto quero que isso aconteça.

Ele olha para mim.

— Se ficarmos na mesma turma, vamos poder nos encontrar toda hora e montar um *monte* de armadilhas para tigres.

— Bem, talvez não armadilhas para tigres, mas... outras coisas.

Ele faz uma pausa e depois pergunta, com uma expressão esperançosa no rosto:

— Você acha mesmo que pareço ser inteligente?

Concordo com a cabeça, envergonhada.

— Acho, sim. Você memorizou suas vinte comidas preferidas, me ajudou a montar uma armadilha para tigres e tinha razão quando me disse que os bolinhos de arroz ficariam gostosos.

Ele dá um sorriso e inclina a cabeça para o lado.

— Bem, vamos esperar para ver como os bolinhos de arroz vão ficar.

Então a gente espera para ver. E ficam diferentes. Não são os bolinhos de Halmoni.

Mas estão gostosos mesmo assim.

Só espero que a tigresa goste.

26

Desligo o alarme do celular assim que ele me acorda e saio da cama, ansiosa para me encontrar com a tigresa. Pego o pote comprido e estreito e o prato com bolinhos de arroz debaixo da cama e caminho na ponta dos pés até a escada, mas um farfalhar no canto do quarto me detém.

Viro e vejo Sam mexendo em alguma coisa junto à janela.

— Seu alarme tocou às duas da manhã? — pergunta ela. Sam não falou comigo depois que voltei da casa de Ricky. Na verdade, ela não deu uma palavra desde aquele almoço horrível.

— Não — minto.

— Tá bom — diz ela antes de voltar a mexer em sei-lá-o-quê. Vejo que ela continua chateada comigo, mas não sei por quê. Nada disso é culpa minha.

Faço uma pausa, à espera de mais questionamentos, mas ela não me pergunta nada. Está ocupada demais com seus próprios interesses. Largo o prato e o pote.

— O que é que você está fazendo? — pergunto.

Ela se vira de costas para mim.

— Nada. — Há algo estranho em sua voz, vacilante e incerto.

Vou até ela e, assim que chego mais perto, percebo que ela está amarrando uma corda na cabeceira da cama.

E não uma corda qualquer, mas a corda que Ricky e eu usamos na armadilha para tigres.

— Onde foi que você arranjou isso? — Tento tirar a corda das mãos dela, mas Sam a arranca de mim. A corda queima minhas palmas e eu as esfrego nas calças do pijama.

— Você a deixou perto da minha cama — diz ela. — Pensei que não fosse mais usá-la.

— Eu não... — Ricky e eu amarramos a corda em volta das caixas da armadilha para tigres. Mas pensando bem, não me lembro de ter visto a corda quando encontrei a tigresa ontem à noite, só as caixas.

Sam dá de ombros e joga a corda pela janela, que repuxa a cabeceira da cama. Debruço-me sobre a janela. A corda balança, quase tocando o chão.

— Sério? O que é que você vai fazer? — pergunto.

Sam olha de cara feia para mim.

— Fala baixo.

— O que é que você vai fazer? — sussurro.

Sam dá de ombros.

— Vou sair de fininho daqui — responde ela, como se fosse *óbvio*. — Esta casa é sufocante.

Fico olhando para ela.

— Você vai fugir de casa? — Halmoni fugiu da Coreia. Mamãe fugiu de Halmoni. E agora Sam vai fugir de todas nós. Talvez não possa evitar. Talvez a fuga esteja em nossos genes. Talvez seja o superpoder da nossa família.

— Não, Lily. Claro que não. Vou voltar para casa antes do amanhecer. — Sam pega a mochila e se senta no peitoril da janela, de costas para o ar livre. Observá-la faz meu estômago ficar embrulhado; se ela se inclinar para trás, vai acabar caindo pela janela.

Sinto um aperto no peito. Aposto que a tigresa já está lá embaixo. Ela está me esperando. Impaciente. E com fome.

Mas não quero deixar Sam e não quero que Sam me deixe.

— Para onde você vai? — pergunto.

— Para onde *você* vai? — retruca ela. — Eu a vi se esgueirando escada abaixo.

Ficamos olhando uma para a outra, as duas querendo saber, mas sem a menor disposição de revelar nossos segredos.

Ela balança a cabeça.

— Vamos concordar em não contar para a mamãe.

Fico hesitante.

— Promete que vai ficar bem?

— Vou ficar bem. Estarei de volta antes do amanhecer. — Seu olhar fica mais suave. — Promete também?

Estendo o dedo mindinho. Uma promessa de mindinho.

Muito, muito tempo atrás, a irmã mais nova começou a chorar. Tenho medo do escuro, *disse ela.*

Então, a irmã mais velha disse a ela: Eu serei a lua. Vou te proteger e você nunca mais terá medo de nada.

Sam entrelaça o dedo mindinho no meu e nós duas apertamos. Depois agarra a corda e sai pela janela, descendo em direção ao desconhecido — e eu vou pelas escadas.

Muito, muito tempo atrás, um tigre perseguiu duas irmãs mundo afora. E justamente quando chegaram ao fim do mundo, no instante em que o tigre saltou para devorá-las, uma corda mágica caiu de um lado do céu e uma escada mágica do outro.

Na história, as irmãs sempre sobem em busca de segurança. Não era para *descerem*. O que será que vai acontecer quando elas subirem de volta — não juntas, mas separadas? Quando perceberem que há tigres à sua espera lá no fundo?

27

A tigresa anda de um lado para o outro, com os músculos ondulando ao circundar a armadilha, incapaz de contê-la. Parece maior ainda hoje à noite. Ao passar pelo tênue feixe de luz que entra pela janela, seu pelo parece brilhar como se a lua acendesse suas listras.

Respiro fundo assim que a vejo, mas me dou conta de que não tenho mais tanto medo.

— Não ouviu o ditado? — Quando chego ao pé da escada, ela se senta sobre as patas trasciras. — Nunca deixe um tigre esperando.

— Desculpa — digo antes de me repreender mentalmente. Não devia pedir desculpas a ela. Preciso recuperar um pouco de poder.

Ela emite um som estranhamente próximo ao jeito de Halmoni estalar a língua.

— Agora, cadê os meus bolinhos de arroz?

— Diga *por favor*. — Tento parecer confiante e autoritária, mas ela me lança um olhar tão penetrante quanto suas presas.

— Deixa pra lá — murmuro, estendendo o prato a ela.

A tigresa engole os bolinhos em uma bocada só, lambendo os lábios e meneando a cabeça.

— Esquisitos — diz ela. — Não é assim que eu faria os bolinhos, mas são aceitáveis. Agora, vamos à história.

Solto o ar e faço o que ela me pede: tiro a rolha do pote de estrelas e derramo o céu.

***

Muito, muito tempo atrás, quando o homem rugia como o tigre, dez mil dias e dez mil noites depois que uma metamorfa subiu ao céu e criou as estrelas — uma jovem vivia com sua halmoni em uma pequena cabana à beira-mar. Viviam sozinhas ali, só as duas, e levavam uma vida tranquila.

Todas as noites, a halmoni tentava contar à garota a história de sua família. Mas a garota tinha medo. As histórias pareciam a escuridão, do tipo que se escondia debaixo da cama e espreitava sob as escadas.

Não, Halmoni, *disse ela.* Depois você me conta. Em vez disso, cante para mim.

Com um suspiro, a halmoni guardava as histórias e cantava:

Boa noite, estrelas;

Boa noite, ar;

Boa noite, barulhos...

Enquanto cantava, a neta preparava uma xícara de chá noturno e olhava para o céu. Às vezes, ao olhar para as *estrelas, sentia que tinham sido penduradas só para ela — embora não soubesse explicar muito bem por quê.*

Enquanto o chá ficava em infusão, a garota ansiava pelas estrelas e brincava com seu pingente, uma herança deixada pela mãe que não chegou a conhecer.

Certa noite, enquanto a neta servia o chá, a xícara escorregou de sua mão e rachou, derramando o líquido âmbar em cima da mesa.

Halmoni, não estou me sentindo muito bem.

Venha aqui, *disse Halmoni.*

Então a neta se aproximou dela, debruçando-se sobre a mesa, e Halmoni pegou o pulso da garota.

Estava bem mais quente do que o normal. E embora tivesse a aparência de sempre, a pele da garota estava áspera como pelo emaranhado.

Ai, ai, é tarde demais. Já devia ter contado a você as histórias que precisa saber.

A neta se debateu, tentando escapar, e, nesse instante, o luar incidiu sobre seus cabelos pretos, iluminando uma listra branca em meio às outras.

A garota estava se transformando diante dos olhos de sua halmoni — metade humana e metade tigresa.

Magia obscura. A neta fora amaldiçoada do mesmo jeito que a mãe.

Lute contra isso, *disse Halmoni.*

Mas a garota não conseguiu. Ainda assim, ela se transformou.

Sentia-se presa na própria pele. Precisava fugir dali. Seu coração de tigresa ficou furioso. Um animal selvagem, ela revirou seus olhos terríveis e rangeu as presas horripilantes.

O mar chamava seu lado tigresa, e ela queria tanto sentir o gosto da liberdade e do sal na língua — olhar para o horizonte infinito, roubar as estrelas, devorar o mundo todo.

Em algum lugar de seu coração, a garota sabia: era a magia de sua mãe. A mãe compreenderia a selvageria que ela se tornar*a.*

Halmoni não sabia o que fazer. Por isso, manteve a neta trancada em casa.

Mas não deu certo.

Então, uma noite, a garota-tigresa fugiu, rastreando o cheiro das histórias de sua mãe.

Correu até o mar e o mar se abriu só para ela, e então atravessou o oceano, atravessou o mundo inteiro.

O mar voltou para o lugar antes que sua halmoni pudesse ir atrás dela, e o coração de sua halmoni ficou partido. Em parte porque a neta tinha partido. E em parte porque não podia ajudá-la.

Mas, sobretudo, porque estava preocupada: e se a neta nunca soubesse o quanto sua halmoni a amava?

Sim, seu coração estava partido, mas ela não desistiria.

Ainda amava a garota. Ainda queria que ela voltasse para casa. Não importava se era uma tigresa.

Então, a cada lua cheia, ela pegava um pote da prateleira e sussurrava dentro dele tudo o que sentia no coração. Enchia os vidrinhos de amor. Um novo tipo de magia.

Halmoni não sabia para onde a garota tinha ido, mas, a cada lua cheia, *ela mandava um pote pelo mar, na esperança de que o oceano o levasse para o outro lado do mundo.*

Ela mandou um pote todos os meses, até ficar sem vidrinhos. Mas, ainda assim, não perdeu a esperança. A esperança é uma coisa engraçada e duradoura.

Halmoni acreditava que, de alguma forma, o amor ainda iria encontrar sua neta.

E sua neta encontraria o caminho de casa.

***

Quando a história termina, pergunto:

— Então, se a garota tinha o pingente, quer dizer que ela era filha da garota-tigresa da primeira história?

A tigresa olha pela janela. Sob a luz, ela parece distante e quase triste, mas quando se volta para mim, seus olhos estão sombrios.

— Talvez. É o que parece.

— Mas, nesse caso, ela não devia ter sido amaldiçoada! O deus do céu disse que ia curá-la. Ele mentiu! — Sinto-me traída. As histórias deviam ter finais felizes.

Ela dá um suspiro.

— Infelizmente, os deuses do céu não são muito confiáveis. Talvez ele tivesse uma ideia diferente sobre a *cura*. Talvez ele tenha cometido um erro. Ou talvez não fosse tão poderoso quanto afirmava ser; talvez não conseguisse controlar o coração dela.

Fico olhando para a tigresa.

— Mas o que foi que aconteceu com a neta no final?

A tigresa abaixa a cabeça.

— Ela foi embora.

— Será que ela chegou a encontrar o caminho de casa?

Quando a felina volta a falar, suas palavras são incisivas.

— A história acabou.

— Mas a halmoni podia ter se esforçado mais, não é? As duas podiam ter descoberto como curar a maldição do tigre e deixar tudo bem de novo.

Um rugido percorre o corpo da tigresa.

— O sangue de tigre não é o problema. Ainda acha que é?

— É claro que acho. — Penso em Sam saindo pela janela e imagino se algum dia também vou fugir de casa. Fico imaginando se essa selvageria vive em mim; e acho que sim. Às vezes, sinto-a borbulhando bem lá dentro de mim e fico zangada por a história me mostrar isso. — O sangue de tigre a tornou selvagem demais, então ela fugiu de sua halmoni e as duas acabaram ficando tristes. Que tipo de história é essa?

— É uma história perigosa.

As palavras martelam em meus ouvidos.

— Como é que essa história vai curar minha halmoni?

— A cura não tem a ver com o que queremos. E, sim, com o que precisamos. A mesma coisa se aplica às histórias.

Tenho uma estranha sensação de plenitude, como se estivesse prestes a explodir. Eu vou explodir. Mas tudo que digo é:

— Halmoni tem que melhorar.

Não consigo entender a expressão no rosto da tigresa. É quase terna, quase raivosa… e algo mais também.

— Te vejo amanhã. E não se dê ao trabalho de trazer aqueles bolinhos de arroz horrorosos.

Ela se aproxima de mim, e eu sinto seu hálito na minha pele — um cheiro de lula desidratada com um toque de geleia de uva.

— Traga-me o último pote de estrelas. E não se atrase. O tempo está quase esgotado.

28

A sala de estar está silenciosa, a não ser pelo tique-taque do relógio de pêndulo. Passo por mamãe na ponta dos pés, tomando o cuidado de não fazer as tábuas rangerem.

Trago o pote em uma das mãos e o prato vazio de bolinhos de arroz na outra. Quando chego à pia da cozinha, coloco o prato lá dentro. Cuidado, cuidado, silêncio.

O prato faz barulho quando encosta na cerâmica, e eu prendo a respiração, mas mamãe não acorda. Seria melhor voltar logo lá para cima, mas fico um pouco ali, segurando o pote de estrelas junto à janela.

O pote parece diferente. Não é mais tão pesado. E é como se o vidro captasse o luar, juntando sua luz e irradiando-a para cima de mim.

— Lily?

Quase deixo o pote cair no chão ao me virar e ver mamãe deitada no sofá, esfregando os olhos para afastar o sono.

— O que você está fazendo acordada a essa hora? — pergunta.

— Só estava... com fome. — Minhas mãos ficam trêmulas e coloco o pote na bancada.

Espero que ela me pergunte sobre o pote, que me diga que está tarde e explique a importância de um horário regular de sono em momentos de estresse emocional. Mas ela dá um bocejo e se levanta.

Coloca os óculos, estala as costas, passa direto pelo pote de estrelas e abre a porta da geladeira.

— O que você quer comer?

— Hã — murmuro.

Mamãe examina a comida enquanto pisca os olhos para acordar e pega o recipiente plástico de kimchi de Halmoni.

— Que tal? — pergunta, estendendo-o para mim.

Faço que sim com a cabeça, sem confiança para dizer qualquer coisa. Olho para o pote, mas mamãe está cansada demais para notar.

Mamãe se senta em cima da bancada e faz um gesto para que eu me junte a ela.

Fico hesitante, pois *não* é o comportamento típico de uma mãe. Mas subo ao seu lado mesmo assim, embora espere que ela me dê uma bronca.

Mamãe abre a tampa e tira um pedaço de kimchi com os dedos. Então coloca o kimchi na boca e estala os lábios.

Quando ela me estende o recipiente, olho para minha mãe. A qualquer momento, ela vai acordar e perceber que estava sonâmbula. Comendo durante o sono. Quebrando as regras durante o sono.

Mamãe dá uma risada.

— Lily. Pare de olhar para mim como se eu tivesse três cabeças.

— É só que…

Ela empurra o kimchi para mim.

— Coma.

Então pego um pedaço de kimchi e mastigo, deixando que o gosto picante-azedo-salgado acalme meu estômago.

Talvez nada seja muito estranho no meio da madrugada. Os espíritos podem até invadir o mundo durante esses momentos entre a vigília e o sonho... mas o amor também.

Mamãe passa o braço em volta de mim, puxando-me para mais perto.

— Sinto muito, Lily — sussurra ela no meu ouvido. — Eu afastaria o mundo de você se pudesse. Acabaria com toda a sua dor. Mas você já enfrentou coisas tão difíceis. Sinto muito por não conseguir te proteger.

Mordo a bochecha. Embora não seja justo, fico com vontade de perguntar: *Por que não conseguiu?*

Mas aí penso na garota-tigresa, que abandonou sua bebê para protegê-la. Penso na halmoni que disse à neta para se esconder e lutar.

Tais proteções não deram certo. No final das contas, só pioraram as coisas.

Quando olha para mim, mamãe arqueia as sobrancelhas de leve, como se estivesse vendo algo surpreendente — algo novo.

Ela está prestes a falar, mas algo chama sua atenção.

— Onde foi que você encontrou esse pote?

Meu coração começa a palpitar.

— Hum... no meio das velharias de Halmoni.

— Hã. Parece tão familiar. — Mamãe franze a testa ligeiramente. Vejo um sinal de reconhecimento em seu rosto, mas logo desaparece. — Ah, aposto que o vi por aí quando era criança.

Ela desce da bancada e fecha a tampa no recipiente de kimchi.

— Vá dormir um pouco — ela me diz com uma voz suave. — As coisas são sempre mais fáceis pela manhã.

29

Acordo tarde no dia seguinte, recuperando todo o sono que perdi com a tigresa. Sam não está aqui, mas a janela está fechada e a corda enrolada debaixo da cama dela, o que é um bom sinal.

Troco de roupa, faço tranças nos cabelos e dou uma olhada nos potes de estrelas debaixo da cama. Ontem à noite, levei o mais comprido para o porão, e agora estão todos juntos outra vez, dispostos em fileira como uma família.

Começo a descer as escadas, mas depois de alguns passos, algo pontiagudo pinica meus pés descalços. Levanto o pé e vejo que é *arroz* — grãos crus espalhados por todos os degraus. Que coisa mais esquisita.

Tiro-os do pé, mas não tenho muito tempo para pensar nisso, pois assim que desço, vejo que Halmoni cozinhou comida coreana suficiente para encher a cozinha inteira.

Sam ajuda Halmoni, cantarolando para si mesma ao levar os pratos prontos para a mesa, e ver minha irmã ali me enche de alívio. Ela coloca o *mandoo*[6] em cima da mesa e

6. Bolinhos salgados de massa fina em formato de meia-lua, recheados com uma mistura de carne picada, vegetais, tofu e kimchi, e cozidos no vapor. [N. T.]

quase a vejo sorrir. Mas seu contentamento logo desaparece e ela balança a cabeça.

Quem me dera saber no que ela estava pensando. Talvez assim pudesse estender a mão e apanhar o sorriso de Sam antes que caísse no chão e se despedaçasse.

Mamãe limpa a cozinha, pois é o que sempre faz, mas até mesmo ela parece contente, balançando o corpo ao som da música que toca no celular de Sam — o tipo de música de que só Sam gosta, com instrumentos de corda tocando covers de rock.

Halmoni parece feliz e saudável, usando um lenço cor-de-rosa e roxo nos cabelos e sorrindo ao temperar o *naengmyeon*[7], meu macarrão preferido. Quando Halmoni cozinha, a casa parece se expandir como se respirasse fundo, saboreando o cheiro da comida.

O teto parece mais alto, as paredes parecem mais largas e as tábuas do assoalho roncam como um estômago vazio quando entro na cozinha para me juntar a ela.

— Vocês estão fazendo o kosa? — pergunto.

Sam balança a cabeça.

— Não. Só vamos almoçar, sozinhas. Os espíritos podem lidar com isso.

Halmoni sorri para mim.

— Você está com fome? — pergunta ela. Sem esperar por uma resposta, ela pega um pedaço de kimchi com dois dedos e o estende para mim. — Coma depressa para que os espíritos não vejam — sussurra.

---

7. Macarrão de trigo sarraceno servido em uma tigela com um caldo gelado picante, vegetais crus em fatias finas, ovo cozido e carne cozida fria. [N. T.]

Naquele momento, Halmoni fica tão parecida com mamãe que olho para a pia da cozinha, onde ela enxuga um prato. Mamãe também deve notar a semelhança, pois dá uma piscadela para mim.

Fico cheia de ternura, porque a noite passada é como se fosse um segredo nosso. E isso é bom demais, já que mamãe e eu nunca partilhamos segredos.

Como o kimchi e mamãe diz:

— Estava esperando você acordar, Lily. Falei com o pai de Ricky hoje de manhã e...

— Agora você, Joanie — interrompe Halmoni, pegando um pedaço de *kalbi*[8] e tentando enfiar a carne na boca de mamãe.

Mamãe protesta, afastando a cabeça da carne, mas Halmoni insiste, tentando enfiá-la em sua boca.

— Isso é ridículo — diz mamãe. Ela corre para o outro lado da sala de estar, tão sobressaltada que começa a rir.

Halmoni vai atrás dela, andando surpreendentemente rápido. O kalbi balança na ponta de seus dedos.

— Você come! Você come!

Olho para Sam, que está sorrindo, apesar de tudo.

— As duas estão fazendo tanto barulho que vão acabar atraindo todos os espíritos da vizinhança — comenta ela, e eu dou uma risada.

Por fim, mamãe desiste e abre a boca.

— Nossa, mãe — retruca ela, com a boca cheia de kalbi.

---

8. Costelinha de porco ou de boi grelhada. Muito consumida no churrasco coreano. [N. T.]

— Você me escuta — diz Halmoni à mamãe. — Os espíritos dizem que precisa descansar. E parar de se preocupar tanto.

Mamãe franze a testa. Ainda não há uma nuvem de tempestade, mas uma ligeira mudança no ar.

— Você sabe por que estou tão preocupada.

Halmoni levanta as mãos em defesa própria.

— Não sou *eu* que digo isso. São os *espíritos*.

Quando mamãe revira os olhos, Sam e eu nos entreolhamos. Minha irmã aponta para o quarto do sótão com a cabeça. *Vamos para lá*, balbucia.

Mas não quero ir. Quero ficar ali e trazer aquele momento feliz de volta.

— Halmoni — pergunto, tentando distraí-la —, o que falta fazer para a gente preparar a comida?

Halmoni se vira e atravessa a sala, agarrando-me pelos pulsos.

— Lily, os espíritos não param de falar para você tomar cuidado. *Se cuida! Se cuida!* É o que dizem para mim.

Engulo em seco e minto:

— Eu me cuido, sim. — Sinto Sam me encarar, mas não olho de volta para ela.

Halmoni chega mais perto e baixa os olhos para o meu pescoço, para o pingente pendurado logo acima do meu coração.

— Onde foi que você conseguiu isso?

Tento me afastar, mas ela segura meus pulsos com força.

— Como assim? Foi você que me deu.

— Não, é meu. Alguém me deu isso muito, muito tempo atrás. Lembro bem. — Ela balança a cabeça. — Mas eu não te dei nada. Por que você está dizendo isso?

Não sei como responder, mas Sam entra na conversa.

— Você deu, sim, Halmoni. Não lembra?

Halmoni se vira e vai em direção a Sam. Ao chegar perto de minha irmã, Halmoni passa os dedos pela mecha branca de Sam.

— É igual a mim, quando eu estava em casa. Muito tempo atrás. Tanto tempo que até tento esquecer.

Fico enregelada. O pingente. A listra branca. Os dois faziam parte da história das estrelas.

Quer dizer que é outra consequência. Quantas consequências será que consigo suportar? E Halmoni?

Mamãe intervém, puxando Halmoni para longe de Sam.

— Não deixe as meninas assustadas — sussurra. — Já está na hora de almoçar.

Halmoni olha de mim para Sam e vice-versa, confusa. Seus olhos não focalizam direito. É como se ela visse um mundo diferente.

Mas ao olhar nos meus olhos, Halmoni se afasta.

— Uma tigresa — sibila.

Dou um passo para trás.

— O quê? Não, Halmoni. Sou *eu*.

Meu coração ruge nos meus ouvidos. O mundo está de pernas para o ar. Fico com vontade de fugir dela.

Halmoni balança o corpo de leve… tonta. Vacilante.

Fico esperando que ela me reconheça. Que me veja. Sou sua Pequena Eggi. Sua Lily Bean.

Mas ela franze a testa.

— Você é...

Fico esperando que Halmoni termine a frase — por um bom tempo —, mas ela não termina.

Então me dou conta: ela não consegue se lembrar.

E não é só isso, mas algo pior ainda: há um lampejo de pânico em seus olhos. Não é que Halmoni não consiga se lembrar do meu nome. Ela não consegue se lembrar de *mim*.

Ela não me reconhece.

Ela não me *vê*.

Fico com uma sensação de vazio no estômago, pois ela é uma desconhecida na pele de Halmoni.

Quem é Halmoni sem suas lembranças?

E quem sou *eu* sem Halmoni?

Com a voz embargada, sussurro:

— Sou eu. Lily Bean.

Halmoni dá o mesmo sorriso falso de mamãe.

— É, sim, minha Lily Bean. Eu, hã, vou descansar agora. — Ela me dá um beijo na testa, e eu estremeço.

— Vamos lá, mãe — diz mamãe, levando-a de volta para o quarto e fechando a porta atrás de si. Trancando a mim e Sam do lado de fora.

— Tá tudo bem. — Sam dá um suspiro trêmulo. — É apenas temporário. Ela vai voltar ao normal logo.

Concordo com a cabeça, mas não consigo falar.

— A biblioteca! — exclama Sam do nada.

Pisco os olhos, tentando compreender o mundo.

— Jensen vai fazer cartazes e tal hoje. — Ela pega a capa de chuva e a veste. — Vamos lá.

Ah, é. Lá no fundo, sei que Ricky mencionou os cartazes. Só não entendo como é que Sam sabe disso.

— Você quer mesmo fazer isso?

Sam me parece confusa, como se *sempre* participasse de atividades comunitárias e não entendesse muito bem a minha pergunta.

— Claro que sim. Jensen e eu andamos… conversando. E, bem, você sabe. É legal ajudar. — Quando os olhos dela encontram os meus, vejo seu desamparo. — Além disso, não quero ficar aqui agora.

Sam sai porta afora antes que eu possa responder, e só tenho uma fração de segundo para decidir: fico ou vou também?

Não estou com a menor disposição para ver outras pessoas e fingir alegria no momento, mas um olhar para a porta fechada de Halmoni me faz mudar de ideia.

Não posso mais ficar aqui.

30

Sam e eu chegamos à biblioteca e, assim que abrimos a porta, ouço o som de música. E de risadas.

A mudança de ambiente é desorientadora.

De um lado da biblioteca, Jensen está atrás do laptop, com uma garota e um garoto que parecem ter a idade dela; do outro, Ricky está sentado de costas para mim, em uma mesa com outros dois meninos. Fico agitada e com vontade de voltar para casa na mesma hora, mas Joe me detém.

— Lily! — grita ele por cima da música pop, quase sorridente. Vou até ele e apresento Sam, que aperta sua mão e sorri como se não houvesse nada de errado e nossas vidas estivessem ótimas.

Joe pega um cupcake de trás da mesa e o dá para mim. Aceito, sem saber muito bem o que fazer com isso.

— Fiz uma fornada de teste — diz ele. O bigode se agita por cima de seu sorriso. — Me diga o que achou.

É um gesto simpático, mas acho que não consigo comer agora. Estou tão ansiosa. É como se todo mundo pudesse ler AVÓ DOENTE escrito na minha testa, e não tenho a menor vontade de enfrentar o mundo.

Jensen nos vê e começa a dançar, remexendo os quadris ao som da música.

— Sam! — O sorriso dela é tão largo que forma parênteses duplos em suas bochechas. — E Lily! Que bom que vocês vieram!

Ela olha para Sam por dois segundos e diz:

— Você leva jeito para tecnologia? Estamos criando um *informativo por e-mail* para a biblioteca e deixando Joe assustado com toda essa modernidade.

Sam dá uma risada e, se não fosse pela tensão em seus ombros, eu até acharia que ela tinha esquecido o que acabou de acontecer.

Jensen a puxa para longe, e eu fico sozinha na frente da mesa de Joe.

É por isso que não queria Sam ali. Quando ela está presente, não há mais lugar para mim. Não posso ficar em casa. Não posso ficar na biblioteca. Estou completamente perdida.

— Lily. — Joe dá um pigarro, com um ar preocupado e desconfortável. — Qual é o problema?

— Nada. Acho melhor ir embora — respondo, apesar de não querer voltar para casa.

Joe franze a testa.

— Não quer falar com o menino barulhento e seus amigos?

Olho para Ricky e seu grupinho e faço que não com a cabeça.

Joe suspira e então, como se já estivesse arrependido, diz:

— Pode conversar comigo, se quiser.

Não tenho a menor intenção, mas é como se ele tivesse dito um feitiço mágico, e eu começo a falar.

— Minha halmoni costumava me contar histórias quando eu era pequena. E eu adorava. Mas agora estou aprendendo histórias novas e são tão diferentes. Assustadoras. E acho que talvez sejam... perigosas, pois estão fazendo as coisas mudarem de um jeito que não considero nada bom. Na verdade, acho que as coisas estão bem piores agora, tudo porque decidi ouvir essas histórias novas e...

Percebo que não estou me explicando muito bem, então respiro fundo e acrescento:

— É só que sinto falta do jeito que as coisas eram. Não quero que nada mude.

Calo a boca, horrorizada por ter falado tanto. Por outro lado, me abrir é um alívio. Olho de relance para Sam, Jensen, Ricky e os demais, mas estão todos ocupados e não podem me ouvir por causa da música.

Joe acena com a cabeça bem devagar.

— Ao crescer, você coleta mais informações e vê as coisas por outras perspectivas. Por isso, é natural que as histórias que contamos a nós mesmos... possam mudar.

Torço as mãos.

— Mas e se as histórias não forem como queremos que sejam?

Ele me lança um olhar gentil.

— Sabe por que me tornei um bibliotecário?

Espero que ele me conte, porque é claro que não sei.

— Dewey — diz ele. — A classificação decimal de livros.

Não sei se Joe está brincando ou não, mas ele continua:

— Gosto de ordem. De organização. Só de pensar em ter toda informação do mundo bem-organizada, tudo no seu devido lugar… Gosto muito dessa ideia.

Ele limpa a garganta.

— Mas já faço esse trabalho há muito tempo. E o que aprendi é que as histórias não têm nada a ver com ordem e organização. Mas com sentimentos. E os sentimentos nem sempre fazem sentido. Veja bem, as histórias são como… — Ele faz uma pausa, franze a testa e depois acena com a cabeça, satisfeito por encontrar a comparação mais adequada: — A água. Ou a chuva. Podemos segurá-las com força, mas sempre escorregam pelos nossos dedos.

Tento esconder o choque. Joe não me parecia ser do tipo *poético*.

Suas sobrancelhas de lagarta se juntam no meio da testa.

— Isso pode ser assustador. Mas não esqueça que a água nos fornece a vida. Conecta os continentes. Conecta as pessoas. E nos momentos de calmaria, quando a água está parada, podemos até ver nosso próprio reflexo. Entende o que quero dizer?

— Mais ou menos — respondo, embora não tenha tanta certeza assim.

Os olhos de Joe estão quase brilhantes, e eu fico imaginando o que escorregou pelos seus dedos. Antes, pensava no homem como o Bibliotecário Rabugento, mas agora me dou conta de que só tinha visto uma parte dele. Sua história é tão maior do que isso. Ele teve toda uma vida que talvez eu jamais venha a conhecer.

— Obrigada, Joe — digo.

Ele olha por cima do meu ombro.

— Ora, o menino barulhento está acenando freneticamente para cá.

Atrás de mim, ouço a voz de Ricky.

— Lily!

Eu me viro e vejo Ricky com os outros meninos.

— Olá! — diz ele, todo sorridente. — Esses são os meus amigos, e agora são seus amigos também.

Ele apresenta os dois: Connor, um menino branquelo com óculos de acrílico verde, e Adam, um menino sardento de cabelos ruivos e cacheados.

Os três *combinam* muito entre si. Todos os meninos com o mesmo tom de pele, a mesma altura e a mesma energia jorrando pelos poros.

Adicionar alguém como eu a essa mistura é como jogar uma cenoura em uma cumbuca de salada de frutas e torcer para que ninguém perceba a diferença.

Tento agir como uma garota normal. Tento não ficar invisível. Tento fingir que está tudo bem em casa.

Mas me esforço tanto que esqueço de responder.

— Oi — murmuro após um segundo, esboçando um sorriso.

Connor e Adam estão à volta de Ricky, com ele bem no meio. Não é que eu tinha razão? Ricky é mesmo uma pessoa grudenta.

— Uau! Como foi que você conseguiu arranjar um cupcake do Joe? — pergunta ele.

Baixo o olhar. Esqueci que estava com o cupcake na mão e dou o bolinho para ele comer.

— Você é a melhor — diz ele ao pegar o cupcake e dar uma bela mordida. — É tão gostoso! Mas ainda estou com vontade de comer pudim.

Connor, o menino de óculos, bufa.

— Pudim, Ricky? Sério? Pudim é nojento.

Ricky balança a cabeça, ofendido.

— O pudim de chocolate é a quarta comida mais gostosa do mundo. Todo mundo sabe disso. — Ele olha para a mesa dos adolescentes. — Vou perguntar para Jensen se ele tem um pote de pudim.

Adam, o menino das sardas, balança a cabeça.

— Cara, relaxa. — Ele se vira para mim e aperta os olhos. Parece-me familiar, mas não sei bem por quê. — Então, Lily, de onde você é?

Meu cérebro fica em branco por um segundo. Por fim, respondo:

— Do outro lado da rua.

Por algum motivo, sinto que não era a resposta que o menino esperava, mas ele me dá um meio aceno de cabeça, um ligeiro movimento do queixo.

— Você está falando da casa na colina? Daquela senhora?

— É a minha avó.

As sobrancelhas de Connor sobem até o alto da testa.

— A bruxa maluca é sua *avó*?

Fico com vontade de dizer a ele: *Maluca não é uma boa palavra.* Mas minha boca fica seca.

Connor continua falando:

— Que maneiro! Ouvi dizer que ela faz feitiços e amaldiçoa as pessoas. Ela te ensinou a fazer isso? Você sabe colocar uma maldição em alguém?

Olho para Ricky, esperando que ele defenda Halmoni e a *mim* também. Mas ele dá mais uma mordida no cupcake e balança a cabeça.

— Não, ela não amaldiçoa ninguém — diz Adam. — Ela cura as pessoas. Minha mãe está convencida de que a avó de Lily curou a asma dela. Mas minha mãe também acredita em médiuns da TV, então vai saber. — É aí que percebo por que ele me parece tão familiar: conheci sua mãe na mercearia. Os dois têm os mesmos cabelos ruivos e sardas. Ela é uma das amigas de Halmoni.

Connor não parece muito convencido.

— Não sei, não. A bruxa é *assustadora*.

Levo os dedos até o pescoço, procurando o pingente — mas o solto depressa. Não é mais seguro.

— Eu… — A culpa dá um nó no meu estômago. Eu devia defender Halmoni, mas minhas palavras evaporam no ar.

E, por um mero segundo, não tenho vontade de defendê-la. Por um mero segundo, desejo que ela fosse uma avó normal, que faz brownies em vez de kimchi. Que tricota cachecóis em vez de misturar estranhas ervas coreanas.

Por fim, Ricky fala com a boca cheia:

— Gente, a avó de Lily não é assustadora. Ela não tem culpa de ser assim. A avó dela está doente, por isso tem alucinações que a fazem agir dessa maneira, como se tivesse medo de fantasmas, tigres e coisa e tal, não é, Lily?

O chão se transforma em um buraco negro — uma boca de tigre com as mandíbulas bem abertas —, e eu caio lá dentro, engolida por inteiro.

Ele não devia contar aquilo para ninguém.

Mas essa nem é a pior parte.

A pior parte é que, quando ouço Ricky dizer isso, é como se a doença fosse tudo que Halmoni é. Como se a doença fosse o *motivo* de ela ser assim.

Mas Halmoni não é assim porque está doente. Ela é assim porque é *Halmoni*. Porque ela é mágica. Ela sempre foi assim.

E, agora, é como se houvesse algo *errado* com isso.

Halmoni compra arroz, pinhões e ervas para lançar feitiços, alimenta os espíritos e acredita em seres invisíveis. Mora em uma casa no topo de uma colina, coberta por trepadeiras e com janelas que observam a tudo, como olhos que jamais chegam a piscar.

Ela é uma bruxa que paira sobre a cidade; uma personagem saída de um conto de fadas.

Ela não é normal.

Eu não sou normal.

Pensei que Ricky estivesse do meu lado, mas não está. Ele é horrível, igualzinho àqueles outros meninos horríveis, e eu estava enganada ao pensar que poderíamos ser amigos.

Sinto que há um holofote sobre mim e meus olhos começam a arder. Olho para o chão, implorando a mim mesma para não chorar.

Connor parece constrangido, olhando de Ricky para mim e vice-versa.

— Pudim! — dispara ele. — Ricky, você podia pedir o pudim para Jensen *agora*.

— Vou lá buscar — digo, agradecida pela chance de fugir dali.

Afasto-me a passos largos. Ricky me chama, mas tenho que me afastar deles. Desço o corredor, passando por Jensen, Sam e os demais adolescentes e por fileiras de livros, e sigo até a sala dos funcionários nos fundos da biblioteca.

É tão quieto lá atrás, e o silêncio cai como um alívio. O pôster do gato me diz para aguentar firme.

Respiro fundo e abro a geladeira para pegar um pudim de chocolate.

E aí eu me detenho.

Isso é ridículo. Ricky foi maldoso comigo, eu não defendi Halmoni nem a mim e agora *vou pegar um pudim para ele.*

Que patético. É o comportamento clássico de uma GAT.

De repente, uma ideia vem à minha cabeça — assim do nada. Não é algo que pareça pertencer a mim. É como se viesse de outra pessoa. Mas, ao ficar parada ali, olhando para o pudim, a ideia se instala nas minhas entranhas, densa e pesada como a lama.

31

Antes que eu possa reconsiderar, pego o pudim de chocolate, torno-me invisível e saio pela porta dos fundos da sala dos funcionários para o meio da chuva.

A terra está macia e viscosa e, se você pensar bem, se parece muito com pudim.

Puxo a tampa de alumínio do pudim com cuidado e bem de leve para que ninguém perceba que o pote foi aberto, a não ser que esteja prestando muita atenção. Em seguida, derramo um pouco de pudim no chão e coloco lama lá dentro.

Halmoni deu lama para papai comer porque ele falava demais e sem pensar. Se Ricky quer tanto uma maldição, então está prestes a conseguir. Coloco as mãos sobre o pote de pudim e concentro toda a minha energia nele, sentindo-me ridícula, mas também poderosa.

Não sou uma menina fraca e tímida. Vou defender minha Halmoni. Sou corajosa e acredito nisso.

Fico olhando para o pudim e penso: *Seja legal, Ricky. Pense bem antes de falar.* E então acrescento: *E fique com dor de barriga.* Só para garantir.

Meu coração retumba descontroladamente em meus ouvidos e quase espero ser pega por Jensen ou Joe, mas não há mais ninguém por perto. A não ser…

Levanto o olhar e vejo a tigresa sentada na minha frente, balançando a cauda ao ritmo da chuva.

— O que é que você está fazendo aqui? — pergunto, enxugando as gotas de chuva dos olhos.

— Por quê? Uma tigresa não pode desfrutar da biblioteca? Acontece que é o meu lugar favorito em toda a cidade.

Fico olhando para ela.

— Como assim?

Ela dá de ombros e suas listras se encrespam como ondas.

— Estou só observando. Assim como vocês ficam olhando para a gente nos zoológicos.

Abaixo o pudim e deixo a chuva escorrer até a minha boca quando digo:

— Hoje, Halmoni se esqueceu do pingente e da mecha branca de Sam.

— Será que ela estava esquecendo ou lembrando?

Olho de cara feia para ela, cansada de enigmas.

— É preciso chegar ao final…

— E *aí*? Halmoni vai ficar curada? As histórias vão deixar de ser assustadoras? Me conta o que vai acontecer depois.

Ela não responde.

— Já estou cansada de ver todo mundo escondendo as coisas de mim. Estou cansada que as pessoas ajam como se eu não estivesse presente, não tivesse importância ou não pudesse fazer nada.

O pudim treme nas minhas mãos.

— Não sou uma garotinha invisível. Não sou um GAT. — Dou meia-volta e ando em direção à porta da biblioteca.

— Eu estava enganada a seu respeito — diz a tigresa.

Paro, mas não me volto para trás. Minha nuca fica toda arrepiada.

— Parece que você tem um lado tigresa, no final das contas.

Viro-me para encará-la, e ela permanece sentada ali, olhando para mim e balançando a cauda.

Por um segundo, suas palavras quase parecem verdadeiras. Sinto-me determinada e forte. Sinto-me invencível, como se meus dentes pudessem se transformar em presas e minhas unhas em garras. Como se fosse capaz de me defender sozinha e ninguém pudesse me ignorar.

Mas não sou como a tigresa. Afinal de contas, ela é a vilã e eu sou a heroína. Conserto as coisas, seja a grosseria de Ricky ou a doença de Halmoni. Faço com que tudo fique bem e não engano as pessoas, obrigando-as a *esperar pelo final* enquanto acontecem coisas horríveis.

— Não sou um monstro — digo a ela. — Me deixe em paz.

Ela estala a língua, um som agudo que raspa em suas presas.

— Seu desejo é uma ordem.

De repente, em um piscar de olhos, ela desaparece. Fico sozinha na chuva outra vez, só com o pote de pudim de encontro ao peito.

Tiro a tigresa da cabeça, volto lá para dentro e me encosto na porta, com o coração disparado.

Não vou deixar que ela me aborreça. Não vou reconsiderar meu plano.

Torço o cabelo, sacudo as gotas da capa de chuva e enxugo o rosto com uma toalha de papel. Depois pego outra toalha para secar o pote de pudim e aliso a tampa de papel alumínio. Fico admirada com meu trabalho. Mal dá para notar que mexi no pudim.

Pego uma colher de plástico de uma gaveta e volto para o grupinho de Ricky. Com a partida da tigresa e o pudim de chocolate e lama na mão, sinto-me bem melhor do que antes.

— Você está toda molhada! — anuncia Ricky quando entrego o pote e a colher para ele.

Adam franze a testa.

— Tá tudo bem?

— Só precisava de um pouco de ar fresco — respondo.

Ricky não nota a tensão em minha voz. Confia em mim.

Ele pega a colher e retira o papel alumínio sem perceber nada.

Tarde demais, começo a questionar minha decisão. Ao menos, podia não ter acrescentado a parte da dor de barriga.

Mas não faço nada para impedi-lo. Vejo Ricky pegar uma colherada, levá-la aos lábios e engolir tudo de uma vez só.

Esse momento se estende até o infinito.

De repente, ele torce o nariz.

— Há alguma coisa errada com esse pudim.

— Não coma se estiver com o gosto esquisito — diz Adam.

— Espera — diz Ricky. Ele dá outra colherada e confirma com a cabeça. — É, o pudim está esquisito.

Fico meio tonta. Tenho que ir embora dali, mas não posso sair agora sem dar muito na cara.

— Acho que tem alguma coisa aqui dentro. — Ricky come mais uma colherada e balança a cabeça. — Não sei bem o que é…

Connor tira o pote das mãos de Ricky e experimenta o pudim.

— Esquisito mesmo — diz ele. — Com toda a certeza.

Adam franze a testa para o pote.

— Se você acha que está esquisito, então não coma. A consistência parece meio estranha. Pode ser cocô.

Ricky arregala os olhos.

— Eu comi *cocô*?!

Do outro lado da biblioteca, vejo Jensen olhar confusa para a gente quando todos os meninos começam a falar sobre cocô.

— É só lama! — Deixo escapar.

Os três param de falar e ficam olhando para mim. Em pânico, tento ficar invisível, mas eles não deixam de me encarar.

— É só lama — repito mais baixinho. — Lama não é tão ruim assim.

Os meninos piscam os olhos em choque e Ricky olha para mim com uma mistura de medo e espanto.

— Você colocou uma *maldição* em mim — sussurra.

Não consigo mais lidar com a situação. Dou meia-volta, saio correndo da biblioteca e atravesso a rua em disparada sem olhar para os dois lados.

A porta da biblioteca bate com força atrás de mim e escuto Sam me chamar, mas não olho para trás. Não paro por um instante sequer. Subo os degraus, três de cada vez, e corro para a casa da bruxa.

32

Quando entro na casa de Halmoni — ofegante e selvagem —, mamãe está vasculhando os armários da cozinha.

— Você viu o arroz por aí? — pergunta ela sem se virar para mim. — Podia jurar que tínhamos um saco cheio, mas não consigo encontrar em lugar nenhum. Preciso de alguma coisa para acalmar o estômago de Halmoni…

Sam irrompe pela porta atrás de mim, também ofegante e de olhos arregalados.

— O que foi que você *fez*? Tipo, é sério isso?! Você me deixou tão envergonhada!

— *Você* ficou envergonhada? Pare de olhar só para o próprio umbigo!

Mamãe se vira e nos encara com os olhos vermelhos. Percebo que estava chorando.

— Tá certo — diz ela. — O que é que está acontecendo?

Sam e eu respondemos ao mesmo tempo.

— Nada — digo.

Mas Sam diz:

— Lily colocou *lama* no *pudim* daquele menino.

— Sam! — sibilo assim que a traição me atinge como uma bofetada. *Irmãs guardam segredos. Elas guardam os segredos uma da outra.*

Minha mãe fica à espera de mais informações, mas nenhuma das duas fala nada.

— Como é que é? — pergunta mamãe, por fim.

Sam olha para mim e morde o lábio.

— Desculpa, saiu sem querer... — ela começa a dizer, mas mamãe a interrompe.

— Lily, do que a Sam está falando? Que menino é esse?

Olho de soslaio para Sam, desejando que ela pudesse sugar as palavras de volta para a garganta e tampá-las com uma rolha. Mas elas já saíram e não há nada que eu possa fazer a respeito.

— Ricky — murmuro.

Mamãe faz uma pausa. Seu rosto fica pálido.

— Sam — diz ela com uma voz suave. — Halmoni não está se sentindo muito bem. Que tal levar para ela alguns biscoitos de nozes? Lily e eu precisamos de um momento a sós.

Sam tenta chamar minha atenção, mas me recuso a olhar para ela. Pega os biscoitos e entra no quarto de Halmoni.

Ela me deixa com mamãe. E mamãe está furiosa.

Não é que eu nunca tenha visto a Mãe Zangada antes, mas é sempre com Sam. *Eu* nunca sou o problema. Nunca é *comigo*.

— O que é que você estava *pensando*? — pergunta ela. — O que foi que te deu para fazer isso?

Não respondo nada. Por onde é que eu poderia começar?

— Não, não. Deixa para lá. Sei *muito bem* de onde veio a ideia da lama. Não fique achando que não percebi. Ah, meu Deus, como foi que falhei *tanto assim*?

Detesto que todo mundo só olhe para o próprio umbigo. Fui eu que fiz aquilo, e as duas estão me apagando completamente da história.

— Vi uma coisa errada e fiz algo a respeito.

— Tá bom, Lily, mas dar lama para seu amigo comer *também foi muito errado*. — Mamãe solta o ar longamente. — Sei que as coisas estão difíceis. Mas nunca esperei que você agisse assim. Isso é mais do feitio de *Sam*.

Fico com vontade de dizer à mamãe que a ideia que ela faz de *Sam* e *Lily* talvez não seja tão clara quanto imagina. A versão habitual da história diz que Sam se porta mal e eu sou invisível. Mas talvez Sam não tenha o direito de reivindicar toda a raiva do mundo. E talvez eu não *queira* ser invisível.

— Lily, entendo que esteja chateada. Mas você não é assim.

Só que... sou, sim.

Eu mudei. Talvez as histórias das estrelas tenham me mudado ou talvez eu tenha mudado por conta própria. É, ao mesmo tempo, emocionante e assustador.

Mamãe passa a mão pelo rosto.

— O pai de Ricky acabou de me oferecer um emprego. Era isso que eu ia te contar hoje de manhã.

Respiro fundo.

— O que foi que você disse?

— O pai dele... — Ela dá um suspiro. — Mencionei que estava procurando emprego e ele me ligou para me oferecer um cargo de contadora na Everett Mills. É só que... foi um alívio conseguir um emprego. E, bom, mas não é isso que importa.

Agora fico bem mal. Mas eu não sabia. Não é culpa minha. Além disso, o pai de Ricky não vai demitir mamãe por causa de uma coisa que *eu* fiz.

— Seja como for, você tem que pedir desculpas a esse menino. Sabe disso, não é?

A Lily da Califórnia teria concordado com a cabeça e feito o que lhe mandaram, mas não sigo mais ordens sem questionar. Ninguém me diz o que fazer. Nem mesmo tigresas.

— Mas, mamãe, ele estava sendo maldoso com Halmoni! Você não ouviu o que Ricky disse. Ele e seus amigos a chamaram de bruxa. Disseram que ela era maluca e assustadora. *Isso* foi ruim. *Lama* não é tão ruim assim.

Mamãe me puxa até a mesa da cozinha para sentar com ela. Seus lábios parecem uma linha fina e branca. Seu rosto e pescoço continuam afogueados. Mas uma parte da raiva some de seus olhos.

— Escuta, Lily. Eu não estava lá, mas sei muito bem o que eles estavam dizendo. Passei *a vida inteira* ouvindo esse tipo de coisa. Halmoni é excêntrica e esquisita, e nem todo mundo entende sua individualidade.

Raspo as unhas pela mesa.

— Excêntrica e esquisita não são coisas ruins.

Ela suspira.

— Eu sei disso. Você também. Mas os outros nem sempre são tão gentis. É complicado… ainda mais agora. E Halmoni não precisa que você coloque lama no pudim dos outros por ela. Mas que esteja aqui, que se concentre nela. Ao fazer uma coisa dessas, você gasta mais energia com quem não entende sua avó do que com ela mesma.

Na hora, pensei que estava fazendo a coisa certa, que estava protegendo Halmoni. Mas agora mamãe me faz sentir como se eu tivesse feito algo errado — como se aquilo tivesse *magoado* Halmoni.

Meu estômago fica embrulhado, como se eu tivesse comido meu próprio pudim de lama.

— Você já sentiu vergonha por ela ser sua mãe? — sussurro. As palavras saem depressa. Meu coração bate quase tão forte como quando conversei com a tigresa; como se fazer uma pergunta fosse tão assustador quanto enfrentar um animal selvagem. — Já teve algum constrangimento por causa dela quando era criança?

— Ah. — Mamãe relaxa. — É claro que sim. Acho que todo mundo sente vergonha da própria família de vez em quando. Mas o constrangimento nunca foi tão forte quanto o orgulho que eu sentia. Afinal, ela é incrível, não é?

Concordo com a cabeça e então me lembro de uma coisa que Joe me disse quando nos conhecemos.

— Joe, o bibliotecário, disse que você e Halmoni eram muito amigas. — Raspo a tinta roxa que começa a descascar na mesa. — O que aconteceu?

— Nada demais, Lily. Ainda somos muito amigas. — Então mamãe se corrige, pois nós duas sabemos que não é verdade. — Ainda *amo* Halmoni.

Ela tamborila os dedos no joelho.

— Halmoni trabalhava demais quando eu era pequena. Quando nos mudamos para cá, ela fazia um monte de bicos. Descobria as coisas com que as pessoas precisavam de ajuda e aprendia a fazer. E eu sempre queria ajudá-la. Era assim que passávamos o tempo juntas. Eu era sua assistente e a seguia por toda a parte, traduzindo e escrevendo tudo em inglês para ela.

Mal consigo imaginar mamãe seguindo Halmoni por aí desse jeito. Não consigo nem imaginá-la pequena e fico me perguntando como ela era; se também era uma GAT. E se era, como conseguiu mudar.

Mamãe continua:

— Halmoni fazia tudo para se virar em um mundo que estava contra ela, mas ficava tão ocupada. Ela era mãe solo, por isso não tinha outro jeito. Era a parte mais difícil, porque às vezes ela não tinha tempo para mim.

Não entendo como Halmoni pode ser a única pessoa que me faz sentir visível e ao mesmo tempo fazer mamãe se sentir tão esquecida. Como é que isso é possível? Como é que uma pessoa pode fazer coisas tão díspares ao mesmo tempo?

— E depois? — Minha voz sai vacilante. Fico com medo do que vem a seguir.

Mas mamãe balança a cabeça.

— Não aconteceu nada demais, Lily. Nada de mágico ou interessante como nos contos de fadas dela. Foi só... a vida. Eu cresci.

Não quero ser assim quando ficar mais velha. Não quero me afastar nem ir para tão longe. Puxo as pernas para cima e encosto os joelhos no peito.

— Lily, minha relação com Halmoni não acabou. Só mudou um pouco.

— Não quero que as coisas mudem — digo.

Ela olha para mim com atenção, como se precisasse me fazer compreender.

— Lily, tudo muda. É normal. Mas nunca deixei de amá-la. É por isso que estamos aqui, porque eu a amo demais.

Nós três a amamos. E sei que os surtos de Halmoni são assustadores, mas ela também ama você. Os lapsos momentâneos são da doença, não dela.

Penso na lama e sinto um poço de vergonha na boca do estômago.

— Eu a decepcionei.

— Eu também — diz mamãe, tão baixinho que suas palavras quase se perdem sob o barulho da chuva. — Mas estamos fazendo o possível e é isso que importa. Nós três estamos fazendo tudo que é possível.

33

Mamãe quer que eu peça desculpas, mas me dá tempo para refletir, por isso decidimos: amanhã.

Hoje à noite: *Pense sobre o que você quer dizer.* Hoje à noite: *Durma um pouco. Descanse.*

O que não devia ser tão difícil assim, pois, quando a noite cai, já estou exausta.

Sam está lá em cima à minha espera.

Ela está sentada de pernas cruzadas na cama, com os fones abafando seus ouvidos, mas os tira assim que me vê.

— Não te dedurei de propósito.

Passo por ela e me jogo na minha cama.

— Mas você tem que admitir que foi uma loucura — diz ela. — Por que você *fez* aquilo?

Fecho os olhos. Tenho que encontrar a tigresa mais tarde, mas por enquanto minha cama está quentinha e aconchegante.

— Lily? — insiste Sam, inclinando-se em minha direção na cama. Há uma pontada de pânico em sua voz. — O que é que você tem? Fala comigo. Já pedi desculpas. Por que você não fala comigo?

Finjo que sou Sam, com os fones enfiados nos ouvidos. Finjo que sou Sam, olhando para a tela do celular e ignorando o mundo à minha volta. Finjo que sou Sam e não falo com ela.

Se Sam não sabe guardar segredos, não vou contar mais nada para ela.

Encolho-me na cama e puxo as cobertas sobre a cabeça.

Muito, muito tempo atrás, quando o tigre andava como o homem, havia duas irmãs...

Sam bufa bem alto.

— É *sério* que você vai me dar um gelo?

As duas irmãs se amavam mais do que tudo. Mais do que bolinhos de arroz. Mais do que a terra. Mais do que as estrelas.

— Sabe — continua ela —, a lama não é capaz de manter ninguém com os pés no chão nem nada do tipo. Não existe *magia*. Tipo, sério mesmo. Nós duas temos que crescer. Não podemos acreditar mais nessas coisas.

Escondida debaixo das cobertas, fico olhando para os buraquinhos da colcha. Até parecem estrelas e faço um pedido a uma delas. Desejo que Sam pare de falar.

Mas ela não para. Sam está empolgada e não vai calar a boca por mais que eu deseje.

Ela continua:

— Você acha que é tudo sobre você? Acha que é a única que está chateada? Eu detesto isso. Detesto este lugar. Detesto ter que ver Halmoni esquecer a própria vida e esquecer a gente enquanto ficamos assistindo à *morte* dela. — As palavras saem da boca de Sam sem ponto nem vírgula. Ela recupera o fôlego. — Mas não importa. Só quero que isso acabe. Quero que isso acabe *logo*.

Suas palavras deixam o quarto congelado.

Meu coração começa a palpitar, e eu empurro as cobertas para o lado.

— Retire o que disse — ordeno a ela. — Bata na madeira.

Sua voz sai afiada como um caco de vidro.

— Não acredito mais nessas coisas.

— Mas tem que acreditar. Como pode dizer uma coisa dessas?

Sam não responde. Engole em seco e parece meio insegura, como se soubesse que está errada.

Mas aí dá de ombros e se afasta, sumindo sob as cobertas.

***

Fico deitada na cama sem me mexer, respirando com dificuldade e esperando que Sam finalmente caia no sono.

Assim que ela começa a roncar e vejo que a barra está limpa, desço as escadas sorrateiramente para entregar o terceiro pote de estrelas para a tigresa. Sam pode até não acreditar, mas eu acredito.

Abro a porta do porão, mas quando desço a escada, encontro a sala vazia.

A tigresa não está ali.

É só um porão cheio de poeira e com um monte de caixas velhas, iluminado por uma janelinha estreita.

— Olá? — sussurro, mas não há nada ali. Nenhum vestígio de magia hoje à noite.

A tigresa me disse que o tempo para ajudar Halmoni estava quase esgotado, e agora ela se foi e não sei por quê, mas de repente eu me lembro.

Mandei a tigresa me deixar em paz, e ela respondeu: “Seu desejo é uma ordem.”

Só que não queria dizer *para sempre*. Agora ela foi embora e não sei como fazer para desfazer meu desejo.

34

Acordo com uma apreensão no peito tão pesada quanto uma tigresa.

Esperei no porão por quase uma hora, mas ela não apareceu nem senti aquela *pontada* lá no fundo do meu coração — a inquietante sensação de impaciência que me dizia que ela estava à minha espera.

Se a tigresa estiver brava com o que eu disse — se desejei que fosse embora e ela se recusar a voltar ao porão —, terei que encontrá-la em outro lugar. Preciso trazê-la de volta e terminar as histórias antes que haja mais consequências. Antes da pior consequência.

Fico distraída por boa parte da manhã, mas depois do café, mamãe me pede para trocar de roupa. Está na hora de pedir desculpas.

— Você vai se sentir melhor depois — diz mamãe, e sei que ela tem razão, mas levo uma eternidade para me arrumar, escovando os dentes por cinco minutos e fazendo e refazendo as tranças no meu cabelo.

Não é que eu não queira pedir desculpas. Só não precisava ser *agora*. Tenho outras coisas em que pensar. Antes de descer, quebro mais um pedaço de artemísia e o enfio no bolso. A erva não ajudou a me proteger da tigresa, mas talvez me proteja de conversas embaraçosas.

Em seguida, pego a cartola camuflada da cômoda. Tenho que devolvê-la.

Seguro-a com ambas as mãos e tento ignorar a tristeza dentro de mim, a sensação de que algo mudou e de que nunca mais poderei voltar atrás.

Mamãe me coloca no carro e me leva até a casa de Ricky.

— Você tem que fazer isso agora, Lily — diz ela. — Se deixar para depois, vai acabar não fazendo nada. A situação vai ficar cada mais complicada e assustadora até que um dia você vai se dar conta de que não há mais tempo.

Não digo nada. Sem pensar, mexo na artemísia que tenho no bolso e deixo que seu ruído seco me acalme.

Mamãe olha para mim.

— Que barulho é esse?

Fico paralisada. Não sei como mamãe se sentiria em relação à artemísia, mas sabendo como ela reage à maioria das coisas de Halmoni… provavelmente não muito bem.

— Nada.

Ela estreita os olhos.

— Lily, mostra para mim o que você tem no bolso.

Não vale a pena lutar para esconder a artemísia, então tiro a erva e a seguro na palma da mão.

Ela franze a testa.

— Isso é artemísia?

— É.

Mamãe volta a olhar para a estrada conforme dirige e suspira:

— Presumo que seja de Halmoni.

O tom de voz dela é um alerta, mas confirmo:

— É, sim.

— É um remédio fitoterápico que Halmoni está tomando. Ajuda a aliviar os enjoos, mas há quem diga que provoca sonhos e pesadelos vívidos. Claro que nada disso é baseado em evidências e a erva não oferece perigo nenhum. Mas você não precisa de mais uma preocupação.

— Ah. — Baixo o olhar para a erva murcha na palma da minha mão. Não tive nenhum sonho estranho. A não ser que a tigresa tenha sido apenas um sonho...

Não. A tigresa era real. Tenho certeza de que sim.

— Tá tudo bem — digo a ela. — Halmoni me disse que é para proteção.

Mamãe franze os lábios, fazendo a cara de quem prefere escolher suas batalhas.

— Tá bom, mas tome cuidado. Não coma nem nada do tipo — diz. Então: — Chegamos.

Mamãe estaciona e passamos pelos arbustos chiques, tocamos a campainha chique e o pai chique de Ricky atende a porta.

— Joan — cumprimenta ele —, que bom ver você. De novo.

Mamãe dá um sorriso amarelo.

E eu não tenho a menor vontade de dizer nada para o pai de Ricky, mas quando há algo errado, é preciso resolver as coisas. Ainda mais quando é por sua causa.

— Não culpe minha mãe — digo a ele. — Ela é uma ótima funcionária e não faz... nada esquisito.

Parece que mamãe não consegue decidir se quer me abraçar ou se esconder atrás do arbusto de coelho.

O pai de Ricky quase chega a sorrir.

— Conheço a sensação. Sei bem como é ter um filho esquisito.

Não sei bem como responder, mas já considero uma vitória.

— Por falar em filhos esquisitos — diz ele, e então berra para dentro de casa. — Ricky, por favor, leve sua amiga para o covil.

A frase *Leve sua amiga para o covil* tem uma vibração meio assassina, mas assim que surge, Ricky parece até tímido. O menino está com um boné de beisebol preto. É o chapéu mais normal que já o vi usar.

Ele me cumprimenta com um aceno hesitante e me leva para a sala de estar azul. É basicamente igual à sala vermelha, só alguns graus mais fria. Começo a tremer.

Ricky se senta no sofá e eu me junto a ele, me acomodando na outra ponta. As almofadas são irregulares e duras, e sinto que deveria empurrar os ombros para trás e me sentar com a postura adequada.

— Aqui está seu chapéu — digo, devolvendo a cartola para ele.

Ele pega nela sem olhar para mim e a coloca entre nós dois.

— Obrigado.

Ricky enfia o dedo do pé no tapete, olhando para o teto e depois para o chão, embora não haja nada de interessante para ver ali.

Limpo a garganta várias vezes.

Não há nada mais desconfortável do que seus pais o obrigarem a interagir. Seria bem melhor se eu tivesse vindo pedir desculpas por conta própria. A situação é incrivelmente *estranha*.

Na escala de silêncio desconfortável para silêncio ocupado, é tão ruim que chega ao nível de querer sumir dali.

Forço-me a falar.

— Sinto muito pela lama.

Ricky solta o ar.

— Também sinto muito. Sobre as coisas que dissemos sobre sua avó. Quero dizer, sua *harmonia*.

Pisco os olhos, confusa.

— Queria que você ficasse mais à vontade, por isso usei o termo em coreano — explica ele. — Mas posso parar com isso, se você quiser. Sei lá o que você quer. Como é que você prefere?

— Ah! — exclamo. — É *hal-mo-ni*, não *harmonia*. Mas, sim, pode chamá-la como você quiser.

Não esperava que Ricky me pedisse desculpas e agora não sei o que fazer.

Ele engole em seco.

— Peço desculpas por julgar sua cultura e por ser intolerante com outras crenças. Criei um ambiente hostil e... — Ele franze a testa, como se tentasse se lembrar de suas falas. Então dá um suspiro e encolhe os ombros, olhando para mim com uma expressão dolorosa no rosto. — Sinto muito mesmo. Às vezes, meus amigos e eu somos horríveis. Sei que meu pai pensa assim. E aposto que meus professores também. E... você sabe, todo mundo.

Mordo o lábio. O pai dele parece ser mais gentil do que na mercearia, mas não deixa de ser triste que Ricky se sinta assim.

Ele respira fundo e continua:

— Mas a gente acha mesmo que sua *haumone* é bem legal. Todo mundo na cidade acha. Fico muito triste por ela estar doente. E mais ainda por ter *dito* que ela está doente. Às vezes, minha boca continua falando mesmo quando meu cérebro sabe que não deveria.

Não consigo deixar de sorrir.

— Obrigada — digo. Não sabia o quanto esperava ouvir isso. É um alívio saber que ele não acha Halmoni estranha, assustadora ou o que quer que seja. — Não acho que você seja horrível. E não devia ter dado lama para você comer.

— Estou falando sério. Mas se Halmoni tiver razão quanto ao feitiço, talvez não seja tão ruim assim para ele.

Ele dá de ombros.

— Lama deve ter vitaminas, acho. Já comi coisa pior.

— Ah, é?

— Uma minhoca — responde. — Mas foi só uma vez. E outra vez, uma uva-passa coberta de chocolate que certamente não era uma uva-passa. Ainda não sei muito bem... Enfim, deixa pra lá.

Espero para ver se Ricky está brincando, mas ele está falando sério. Reprimo um sorriso.

— Mesmo assim. Sinto muito. Não é do meu feitio fazer uma coisa dessas. — Aí eu me corrijo. — Ou será que é? Só que não sabia disso até agora.

— Tudo bem — diz ele. — Mas vamos parar de pedir desculpas. É tão desconfortável.

Puxo uma das minhas tranças.

— Seus amigos me odeiam?

Ele dá uma risada.

— Eles te acham superlegal. Só a chamam de *Garota Bruxa*. Mas não no mau sentido. Qualquer pessoa que faça uma coisa dessas vale a pena conhecer.

Olho de relance para Ricky. Ele está me encarando, mas desvia o olhar bem depressa. Suas bochechas ficam vermelhas.

Naquele momento, não me sinto mais uma garota invisível. Mas também não quero ser conhecida por colocar lama no pudim de ninguém. Fico imaginando se existe alguma maneira de ser uma pessoa visível e boa ao mesmo tempo.

— Será que vou ter essa reputação na escola? — pergunto.

Ele meneia a cabeça, pensativo.

— É, vai sim. Mas só até a próxima novidade.

Após um momento, Ricky acrescenta:

— Acho tão bacana que você esteja fazendo algo para ajudar sua halmoni. — Ele continua pronunciando errado, tipo *helmone,* mas ao menos tenta, e eu fico agradecida.

Olha para os próprios pés antes de dizer:

— Gostaria de ter feito algo mais pela minha mãe.

Ah. A mãe que *costumava* fazer coisas com ele. Antes eu acreditava que Ricky se sentiria melhor se eu ignorasse o assunto. Mas agora acho que conversar pode ser bom para ele.

— Sinto muito. Ela...

— Ela não morreu. Só foi embora. No ano passado. E não tivemos mais notícias dela desde então.

Fico imaginando se isso não piora a situação. Será que eu me sentiria melhor ou pior se papai só tivesse ido embora? Se, em vez de bater o carro, ele continuasse dirigindo e nunca mais voltasse para casa? Parece errado pensar nisso, mas não consigo evitar. É estranho imaginar que eu poderia ser uma pessoa diferente se tivesse a vida de Ricky. Com uma vida diferente, o quanto eu mudaria — e quanto permaneceria a mesma?

Ricky continua:

— Acho que se eu tivesse feito alguma coisa para que minha mãe quisesse ficar, talvez não fosse embora. Ela era dona de casa e sempre me ajudava com os trabalhos da escola. Só que nos últimos anos comecei a melhorar nos estudos, por isso não precisava de ajuda e não passávamos mais tanto tempo juntos, e talvez ela pensasse que eu ficaria bem sem ela.

— Ah. Sinto muito. De verdade. — De repente, sua autossabotagem em relação à prova de literatura e às aulas particulares começa a fazer sentido.

Ele dá de ombros.

— Não precisa dizer que *sente muito*. Todo mundo diz isso, mas não adianta de nada porque a culpa não é deles e ninguém pode resolver o problema.

— Bem, sei que às vezes as pessoas se sentem presas na própria pele e *precisam* ir embora. Faz parte de quem são, e acho que não dá para controlar isso. — Penso na mãe-tigresa e na filha-tigresa. Penso em mamãe e Sam. E em Halmoni. Não acredito que consiga falar sem ficar com a voz embargada, mas digo: — Às vezes, por mais que você queira que alguém fique, é preciso deixá-la partir.

Ricky tem um ar triste, mas me dá um sorriso genuíno.

— Nunca tive uma amiga que me compreendesse tanto assim.

— Eu também não — digo a ele. — Ajuda bastante.

E no espírito da *compreensão*, pergunto:

— Já sentiu que uma parte de você está mudando de um jeito que não consegue entender muito bem?

Quando ele faz uma careta, eu me dou conta, horrorizada, que parece que estou falando da *puberdade*. Esclareço bem depressa:

— Não é disso... Deixa para lá. Quero dizer, tipo, você não sabe mais quem é e quer descobrir quem é de verdade. Mas não sabe muito bem como, e tem medo de não gostar da resposta.

Ele dá um pigarro.

— Hã, que pergunta profunda. Sei lá. Não acho que precise descobrir isso agora. Isso é para quando você tiver uns trinta anos e ficar com crise de meia-idade.

— É — digo, embora sinta uma pontada de vergonha. Devo ser muito esquisita mesmo.

Ele dá de ombros.

— Por outro lado, é bem assim que acontece nos quadrinhos. O herói é uma pessoa normal, até que, de repente, o mundo precisa dele. E apesar de ter superpoderes e um traje bacana, ele ainda está tentando entender o que está acontecendo. Ainda está assustado.

Uma mecha de cabelo escapa da minha trança e eu a coloco atrás da orelha.

— E aí? O que é que ele faz?

Ricky dá de ombros.

— Ele salva o mundo mesmo assim, apesar de não estar pronto. E vai ficando mais forte e descobrindo quem é com o passar do tempo.

Concordo com a cabeça. É reconfortante saber que nem mesmo os super-heróis entendem tudo. Por outro lado, é claro que eles salvam o mundo. Afinal de contas, não deixam de ser *super*.

— Acho que é assim que você descobre quem é — diz Ricky. — Você faz coisas novas e corajosas e descobre quem *é* em situações que não têm nada a ver contigo. Faz sentido?

— Talvez — respondo.

Ele dá um sorriso sem graça.

— Enfim, mas isso não nos interessa. Ainda não precisamos nos preocupar com o *sentido da vida*. A única coisa com que precisamos nos preocupar é com o que está dentro do pudim.

Dou uma gargalhada. Depois de passar tanto tempo preocupada, é muito bom estar perto de alguém que não tem medo. Alguém que acredita que as coisas boas acontecem.

— Espera aí — digo. — Só mais uma pergunta. Se a hipotética armadilha para tigres não funcionar, o que devo fazer a seguir?

As sobrancelhas dele sobem até o meio da testa.

— Certo, sei que você vetou a isca de carne crua, mas *presta bem atenção*...

— E lá vamos nós... — digo, contendo uma risada.

Ele continua:

— Tecnicamente, é *verdade* que a carne crua vai começar a cheirar mal depois de algumas horas. Também é *verdade* que pode atrair criaturas indesejadas que não sejam tigres, como ratos ou guaxinins. São bons argumentos. Mas será que não valeria a pena para recriar uma hipotética armadilha para tigres com precisão? Quero dizer, *talvez*. Muito provavelmente. É, acho que sim.

Infelizmente, já usei os potes de estrelas como isca.

— Não acredito que uma isca seja a solução para o problema.

Ele estreita os olhos.

— Sabe, essa história *hipotética* está ficando bastante suspeita. Se houver um tigre de verdade, você tem que me contar. Um bom amigo não permite que sua amiga *deixe um tigre à solta*.

— Haha. Pois é. Não, não tem tigre nenhum. Desculpa.

Abro um sorriso e ele suspira, desapontado.

— Bem, acho que você podia montar a armadilha em outro lugar. Sem querer ofender, mas é muito improvável que um tigre... entre do nada no seu porão. Por exemplo, meu bisavô costumava participar de grandes expedições de caça na Sibéria, pois é lá que os tigres gostam de ir.

Concordo com a cabeça, pensativa.

— Não que eu esteja dizendo que você deva ir para a Sibéria — continua ele. — Mas se *for*, você vai ter que me levar.

Sorrio para ele.

— Tá bom, eu te levo. Prometo.

O sorriso de Ricky preenche a sala inteira.

— Vamos ter tantas aventuras, Supergarota Tigresa.

35

A tigresa não está ali.

Vou para o porão no meio da madrugada, mas o lugar está completamente vazio de novo.

— Cadê *você*? — sibilo.

Não recebo nenhuma resposta.

Nas mãos, seguro o último pote de estrelas e fico sem saber o que fazer. Estou quase lá, mas não posso salvar Halmoni sem a tigresa, e ela não está em lugar nenhum.

Não é assim que as histórias terminam — pouco antes de a heroína salvar o mundo.

Não é *justo*.

Considero o que Ricky me disse sobre ir até a tigresa, mas aonde? Afinal de contas, a tigresa *entrou* na minha casa. Para onde mais ela iria?

Frustrada, saio do porão e, ao passar pelo banheiro na ponta dos pés, escuto um barulho familiar.

Parece até um trovão.

Abro a porta do banheiro e me deparo com Halmoni. Ela está enjoada outra vez, mas dá descarga, abaixa a tampa do vaso sanitário e se senta em cima dela.

— Vem aqui — pede ela, e eu vou. Coloco o pote de estrelas no chão e me sento ao seu lado na banheira.

— Fiquei sabendo da lama — diz enquanto passa um pedaço de papel higiênico nos lábios.

Balanço a cabeça, farta daquela história da lama.

— Já pedi desculpas para o Ricky. Tá tudo bem.

Ela dá um suspiro.

— Você é uma miniatura de mim. Não acho isso muito bom.

— Mas eu *quero* ser como você.

Ela amassa o papel higiênico com as mãos finas como papel de arroz.

— Halmoni comete erros de vez em quando. Minha vida não é bom exemplo. Sua vida é *melhor*.

— Mas...

— Não, não — me corta. — Lily, muito, muito tempo atrás, minha vida foi crescer em uma aldeiazinha pobre. Sem dinheiro. Sem comida. Minha mãe saiu do país quando eu era pequenininha e, assim que pude, vim aqui procurar por ela. Mas nunca a encontrei. É uma história triste, Pequena Eggi.

Tiro o papel higiênico com delicadeza de suas mãos e jogo na lata de lixo.

— Foi por isso que você roubou dos tigres. Foi por isso que escondeu suas histórias, porque é triste pensar nelas.

Ela olha para as mãos vazias, tão delicadas e frágeis. Perdeu tanto peso. Já não resta muito de Halmoni.

— Lily, quando conto minha história, fico triste. Uma boa parte da história da nossa família é triste. E mais do que isso: uma boa parte da história do povo coreano é triste. Muito, muito tempo atrás, o Japão e os Estados Unidos fizeram coisas erradas com nosso país. Mas não quero te contar histórias tristes e raivosas. Não quero passar esses sentimentos ruins para você.

Ao ouvi-la falar, eu me dou conta de que há tanta coisa no mundo que desconheço. Tanto da minha história e tanto de *mim mesma*. Mas vou aprender.

Embora as histórias da tigresa me deixem perturbada, fiquei grata por ouvi-las. Elas me fizeram sentir que o mundo é imenso e que faço parte dele. Como se pudesse ouvir as estrelas e escutar o que dizem.

Sendo assim, talvez Halmoni esteja errada quanto a esconder as coisas tristes. Jamais pensei que ela pudesse estar errada.

— Mas, Halmoni, talvez manter essas histórias em segredo seja uma coisa ruim. Afinal de contas, tudo isso aconteceu, mesmo que você não fale sobre o assunto. E esconder essas coisas não apaga o passado, só o reprime.

Ela esfrega meu ombro.

— Acho que é melhor esquecer.

— Não, Halmoni, eu *quero* ouvir suas histórias. Se não tivesse me contado a história das estrelas e de como encontrou as cavernas dos tigres... — Paro de falar assim que uma ideia vem à minha cabeça. — Espera, como foi que você encontrou os tigres? Como você sabia onde procurar? Aonde os tigres gostam de ir?

— Fui aonde guardam as histórias. No topo da montanha.

Dou um suspiro quente. Sibéria. O topo de uma montanha. Nada disso me ajuda.

Chego mais perto dela, com o desespero tomando conta de mim.

— A tigresa veio me procurar, Halmoni. Ela disse que se eu libertasse todas as histórias, se abrisse todos os potes de estrelas, você voltaria a ficar bem.

Ela franze a testa.

— O que você quer dizer com "potes de estrela"?

— Isso aqui. — Eu me levanto, pego o pote do chão e o estendo para ela. — Os potes onde você colocou as estrelas depois de roubá-las dos tigres.

Ela balança a cabeça e aperta os olhos como faz quando se esquece de alguma coisa e não consegue se lembrar de jeito nenhum.

— Não, pequenina. Acho que compro esses potes aqui, no mercado de moscas.

— Mercado de moscas? — Pisco os olhos, tentando decifrar o que ela quer dizer. E então: — Você está falando do mercado de *pulgas*? Você os encontrou em um mercado de pulgas? Em Sunbeam?

Ela concorda com a cabeça.

— Sim, sim. Mercado de pulgas. Bem perto da costa.

— Não — retruco, segurando o pote de estrelas junto ao rosto dela, como se pudesse forçá-la a se lembrar. — Os potes são da Coreia. Você escondeu as histórias mágicas das estrelas dentro deles. E depois os guardou nas caixas. Foi por isso que ficou tão nervosa quando mexemos nas caixas… porque os potes são mágicos.

— Tudo é um pouco mágico — diz Halmoni bem devagar. — Mas são só potes.

Balanço a cabeça. Talvez Halmoni esteja tendo um de seus surtos de esquecimento, porque isso não faz o menor sentido.

— Os potes de estrelas são mágicos. *Têm* que ser.

— Lily Bean — murmura ela. Seus olhos estão límpidos. É diferente do outro surto, quando ela parecia tão confusa, mas não consigo entender. Não sei como isso pode ser possível.

— Abri os dois primeiros potes e a tigresa me contou as histórias — digo. — Só falta mais uma e, assim que eu chegar ao fim, você ficará curada. Eu posso te salvar.

— Ai, ai. — Ela pega na minha mão e passa o polegar pela minha linha da vida, como de costume. — Lily Bean, eu não preciso ser salva. Já não tenho mais medo.

— Mas vai dar certo. A tigresa me disse...

— Os tigres falam de um jeito dissimulado. Não é sempre que significa o que queremos ouvir.

Balanço a cabeça, pois não quero que ela fale em enigmas confusos como os da tigresa. Quero que ela me *escute*.

— Você não entendeu. É sua última chance. Eu tenho que fazer isso. Você tem que melhorar.

Seus olhos estão tão escuros, tão sombrios.

— Não, pare com isso. Presta atenção. *É o fim*, Lily. Chegou minha hora.

— Mas você não pode simplesmente desistir! — Afasto minha mão da dela. Halmoni não pode fingir que me conforta quando, na verdade, está dizendo coisas horríveis.

Ela baixa o olhar.

— Quando era mais nova e sentia falta da minha mãe, eu achava que ela era um monstro por me deixar. Ficava tão brava. Mas agora entendo. Às vezes, você tem que deixar seus pequeninos, mesmo que não queira. Às vezes, você sabe que chegou a hora.

— Mas ainda não chegou a hora! — Minha voz fica embargada, mas grito mesmo assim. — Você tem que continuar lutando! Precisa ser forte.

Halmoni estremece, como se nossa conversa a machucasse fisicamente.

— Já lutei demais. Chega.

Fecho os olhos com tanta força que vejo estrelas explodirem por trás das minhas pálpebras.

— Mas eu tenho me esforçado tanto. Estou quase lá. Tem que haver um sentido para isso. Tem que haver um final feliz…

— Vá dormir, pequenina — diz ela baixinho. — Já chega.

36

Subo até o quarto do sótão, segurando o potinho azul nas mãos. O pote parece pesado. Eu me sinto pesada.

Fui corajosa. Fui tão forte.

E será que foi tudo em vão? A tigresa foi embora e Halmoni não aguenta mais.

Como posso continuar a lutar tanto se ela já desistiu?

— Cadê você? — sussurro quando chego ao topo da escada.

Sam saiu de fininho outra vez hoje à noite. O quarto parece tão silencioso sem os roncos dela. A casa parece tão grande sem a tigresa.

Como não obtenho resposta, tiro os dois potes de estrelas vazios de baixo da cama, juntando os três nos braços. Meu coração martela no peito. As paredes ao meu redor parecem martelar também — um som de batidas furioso, como se a casa inteira estivesse zangada com Halmoni.

— Trouxe isso para você — digo para uma tigresa que não está ali. — Você disse que ia me ajudar.

Silêncio, exceto pelas batidas, e eu fico com tanta *raiva*.

Berro mais alto:

— Como é que você pôde sumir desse jeito? Como pôde me deixar sozinha?

As batidas ao meu redor soam mais alto, agora vindo da janela, e eu me viro, à espera da tigresa — mas é apenas Sam. Sua cabeça aparece do lado de fora da janela, e ela entra no quarto com o rosto todo vermelho e ofegante.

Eu me dou conta de que as batidas vinham dela ao subir pela corda.

Sam tira a mochila dos ombros e a joga no chão. O zíper não está bem fechado e um saco plástico escorrega para fora. Parece cheio de arroz, mas, sob o luar, não tenho como saber ao certo.

Ela recupera o fôlego.

— Eu te avisei. Só precisava sair um pouco daqui. Não vou te *deixar*.

— Eu não estava falando com você — replico.

Sam aperta os olhos e meneia a cabeça, olhando para os potes em meus braços.

— Onde foi que você conseguiu esses vasos?

— Não são *vasos*. São...

Ela arqueia a sobrancelha e olha para mim como se eu fosse a garotinha mais esquisita de todos os tempos.

— Deixa pra lá. — Sinceramente: como é que ela se atreve a entrar logo agora? Como se atreve a dar de ombros e olhar para aqueles potes como se não fossem *nada*? Como se atreve a agir de um jeito tão indiferente quando eu me preocupo tanto?

Não tenho a *intenção* de fazer isso. Não paro para pensar a respeito. Mas...

Pego o pote verde e o atiro, despedaçando-o contra a parede.

Ela dá um gritinho.

— O que é que você está *fazendo*?

E quer saber de uma coisa? É muito bom quebrá-lo.

É *demais* — tanta esperança, medo, força e poder. Todas as histórias, consequências e incertezas. É coisa demais para guardar dentro de mim.

Levanto o pote comprido e estreito e o atiro contra a parede, observando com alívio quando ele também se quebra.

— Para com isso! — grita Sam. — PARA!

— Só estava tentando ajudá-la — berra alguém bem alto, e eu percebo que sou eu, mas não se parece com a minha voz.

É como se eu estivesse possuída. Ou amaldiçoada. Ou sei lá o quê.

Sou como o trovão e o relâmpago. Estou fora de controle.

O único pote que resta é o azulzinho — o último. O pote que continua cheio com a história final.

É a minha última chance. A última chance de Halmoni.

Tenho que levá-lo para a tigresa antes que seja tarde demais. Só que talvez... a questão é... e se já for tarde demais?

E se isso não servir para nada? E se o impossível — tigres falantes, capturar estrelas, salvar sua halmoni — for realmente impossível?

Talvez tudo não passe de um sonho induzido pela artemísia ou de uma reação de estresse mental. Talvez os potes sejam apenas potes. Talvez eu quisesse tanto que tudo ficasse bem que inventei essa história toda.

Atiro o último pote de estrela.

Ele se despedaça contra a parede.

37

No quinto ano, durante a aula de astronomia, estudamos as estrelas, as galáxias e os buracos negros. Mas o que mais gostei foi da supernova — uma explosão estelar maior do que jamais poderíamos imaginar. Uma força ilimitada e poderosa, como o sol engolindo a si próprio.

Ali no quarto, crio minha própria explosão. Ao se estilhaçar contra a parede, o pote azul se transforma em uma supernova. Não consigo me conter. Todo o medo, toda a raiva, toda a perda de esperança…

Alguém me pega pelo braço, eu olho para cima e me deparo com mamãe. Seu olhar parece assustado, mas então ela me abraça, me segura de encontro ao peito e me impede de cair aos pedaços.

Sam se encosta na parede, pálida. Fico imaginando o que ela vê ao olhar para mim. Já não sou mais uma GAT, mas o quê, então? Uma menina selvagem, talvez. Metade tigresa.

O trovão e o relâmpago desapareceram e agora só resta a chuva. Tento recuperar o fôlego.

— Eu queria tanto ajudar. Queria tanto acreditar.

Mamãe me aperta com força, e eu tento empurrá-la para longe de mim. Ela me segura firme, e eu empurro outra vez; até que desisto e deixo que ela me abrace.

— Tá tudo bem — diz mamãe.

O som de passos ecoa escada acima, e então Halmoni aparece na porta. Ela está pálida, murcha como a artemísia desidratada, toda trêmula e tonta.

— Meninas — arfa ela.

E desmaia no chão.

38

— *Sam!* — berra mamãe. — Celular.

Sam remexe no bolso com as mãos trêmulas e passa o celular para mamãe. Em seguida, ela se ajoelha ao lado de Halmoni.

Fico ali, de pé, olhando para o montinho que é Halmoni enquanto Sam verifica sua pulsação.

É difícil respirar. Agora eu sei: o momento em que tudo cai aos pedaços não acontece durante a grande explosão. E, sim, no silêncio que vem logo a seguir. E a sensação não é de estilhaçamento. Não é bem assim.

Parece mais um esfarelar. É como se eu tentasse manter meu coração unido, mas, quanto mais aperto, mais rápido ele se desfaz.

Esfarela até só restarem alguns pedacinhos, fragmentos de sentimentos que não consigo juntar novamente.

Cruzo os braços enquanto mamãe liga para a emergência. Ela dá o endereço de Halmoni e diz: "Sim, sim, sim, por favor." *Por favor.* Sua voz soa ofegante e, assim que desliga, ela se ajoelha, joga o celular para o lado e abraça Halmoni, murmurando alguma coisa que não consigo ouvir.

Chego mais perto, tentando captar suas palavras, mas fico com medo de me aproximar. Sam olha para mim e as palavras de mamãe se confundem: *Desculpa, desculpa, desculpa*.

A culpa é minha. Não devia ter deixado Halmoni tão estressada. Ela pode ter seus momentos de fraqueza, de querer desistir, mas eu devia ter sido mais forte.

Ao chegarem, os paramédicos colocam Halmoni em uma maca e a tiram do sótão e da casa, descendo-a pela escada interminável. Sam e eu seguimos mamãe até a sala de estar, mas ela nos detém.

— Fique aqui — diz ela à Sam. — Tome conta da sua irmã.

Depois corre lá fora, atrás de Halmoni, e as duas desaparecem, levadas por luzes piscantes e sirenes intermitentes.

Sam e eu permanecemos em silêncio.

Ficamos paradas ali com os braços em volta do corpo, olhando pela janela para a rua vazia.

— Nossa família está esfacelada — diz Sam.

Fui eu que fiz isso, penso, mas não digo nada.

— Ela vai ficar bem? — pergunto no lugar.

A chuva bate nas janelas.

Quando Sam volta a falar, há um toque de lágrimas em seus olhos, brilhantes como estrelas.

— E se for culpa minha?

— Como assim? — Não foi ela quem quebrou os potes.

— Eu disse que esperava que ela morresse logo e não bati na madeira. — O peito dela estremece. — Mas não estava falando sério. Tentei retirar o que disse. Andei espalhando arroz durante a noite porque Halmoni disse que iria nos proteger, mas não adiantou nada.

Sinto um aperto no peito. O arroz — na mochila de Sam e derramado no chão — agora fazia sentido. Era isso que ela estava fazendo à noite. Sam ainda acreditava, apesar de tentar não acreditar.

Não sabia que ela também tinha esperança.

— Não foi você — sussurro. — Não foi culpa sua.

Ela passa a mão pelo rosto.

— A gente devia ir, né? Seguir as duas até o hospital?

Mas segui-las seria como admitir: esse é o fim.

— Mamãe disse para ficarmos aqui — replico.

Sam ignora meu comentário.

— Vou ligar para Jensen. Ela vai nos levar para lá.

— Jensen? — pergunto, perplexa. Jensen é legal e tudo o mais, mas ela mal nos conhece e já é de madrugada.

Sam liga para ela, mas cai na caixa postal e então desliga.

— Ela ainda deve estar dirigindo. Jensen nunca olha para o celular enquanto dirige.

— Por que Jensen estaria dirigindo? Ela já deve estar *dormindo.*

— Ela estava me ajudando a espalhar o arroz — explica Sam. — Jensen tem me ajudado com isso.

— Ah. — Eu não fazia a menor ideia do que estava acontecendo.

Sam olha para a chuva pela janela.

— Lily, acho que vou ter que dirigir até lá, né?

— Não precisa fazer isso se estiver com medo — digo. — Mas se você estiver pronta... É, acho que a gente devia ir para lá.

Sei que Sam está tão assustada quanto eu. Também sei que ela vai ser corajosa mesmo assim, pois é a minha irmã.

Sam engole em seco.

— Você está pronta?

Faço que sim com a cabeça.

Sam pega a chave do carro de mamãe na bancada da cozinha. Abro a porta da frente e a tempestade nos recebe com um uivo.

Em seguida, descemos as escadas correndo. Juntas.

39

A chuva é implacável. Mal conseguimos ver a estrada.

Sam dirige bem devagar, inclinada para frente e agarrada ao volante, apertando os olhos para tentar enxergar a estrada adiante.

Avançamos lentamente — até que Sam começa a tremer. Ela leva o carro até o acostamento e estaciona.

Não fomos muito longe. Acabamos de sair do acesso à garagem de Halmoni, bem em frente à biblioteca.

— O que foi que aconteceu? — pergunto.

Ela continua trêmula.

— Sei que mamãe fica brava comigo por não dirigir, mas toda vez que entro no carro, eu penso no papai.

Temos que chegar logo ao hospital. Mas Sam não consegue dirigir, e eu não vou forçá-la a fazer isso.

Sam diz tão baixinho que mal consigo ouvir:

— Não posso passar por isso de novo. As pessoas costumam dizer que seus entes queridos continuam vivos na sua memória, mas não conseguimos nos lembrar de tudo e se não pudermos manter as lembranças vivas, então já era. A pessoa que você amava vai embora para sempre.

O que resta de alguém quando as lembranças se vão? Será que você leva uma halmoni ou um pai no coração mesmo depois de esquecer suas histórias; mesmo que nunca as tenha conhecido?

— Não me lembro de papai — digo a ela.

— Mas isso não é culpa sua. Fui eu quem falhei, pois já tinha idade suficiente para me lembrar dele. — Ela dá um suspiro entrecortado. — Quando papai morreu, fiz uma lista que recitava todas as noites, das coisas que ele costumava fazer, sabe?

Sam continua:

— Tipo, ele estalava os dedos o tempo todo. Seus olhos lacrimejavam toda vez que comia kimchi, mas papai continuava comendo. Ele lia seus livros de histórias preferidos para a gente toda noite antes de dormir, mesmo depois que fiquei velha demais para isso.

Fico olhando para Sam. Ela nunca tinha me contado isso antes. Sinto um lampejo de reconhecimento no coração — como se um tigre levantasse a cabeça dentro de mim. Lembro-me de papai lendo para nós duas: *Se der um biscoito a um rato; Onde vivem os monstros; Boa noite, Lua.*

Ouço o eco de sua voz, as frases dos livros de histórias escondidas no meu cérebro. Papai está quase ali.

— Eu tinha tanto medo de esquecer alguma coisa — concluiu Sam com a voz embargada. — Mas é claro que esqueci. Sei disso.

— Por que você não me contou? Por que não compartilhou a lista comigo? — Talvez pudesse ter conhecido papai através de Sam. E poderia ajudá-la a se lembrar dele.

De repente, Sam — minha irmã destemida, a irmã de dentes afiados e palavras ainda mais afiadas — começa a chorar. Primeiro tão suave quanto uma garoa, mas depois como uma tempestade.

— Eu não queria compartilhar. Achava que, se eu te contasse as histórias sobre papai, elas acabariam sumindo. Não seriam mais só minhas.

— As histórias não pertencem a ninguém — digo a ela. — São feitas para serem contadas.

Talvez seja assustador contar histórias e partilhar suas verdades, mas prefiro enfrentá-las a fugir.

Respiro fundo. É minha vez de contar uma coisa assustadora.

— Eu vi uma tigresa; ela falou comigo e me disse que podia curar Halmoni. Acreditei de verdade que a magia era real, mas agora temo que não. Acho que tive esperança demais e tudo não passou de uma reação de estresse mental, como você disse. Pensei que podia ser uma heroína, que não precisava mais ser uma GAT.

Sam limpa as manchas pretas de delineador do rosto.

— Essa história de GAT... foi uma idiotice. Não devia ter colocado esse estereótipo em você. E não devia ter dito que a tigresa não era real. Talvez eu esteja enganada. Talvez, de alguma forma, ela *seja* real. Eu quero acreditar. E talvez a gente *tenha* que acreditar.

Seus olhos estão cheios de lágrimas. Ela continua:

— É o que sempre admirei em você. Você nunca desiste da magia. Eu estava errada em te dizer para fazer isso.

Olho pelo para-brisa. De que adianta ter esperança agora, tão perto do fim? Quando Sam não consegue dirigir na chuva e estamos presas ali, e Halmoni está morrendo e não podemos chegar até ela?

— Lily — chama Sam. — Lembra quando você me perguntou sobre a história do tigre? Se eu fugiria?

Fecho os olhos e faço que sim com a cabeça.

— Quero que você saiba que, sempre que não pudermos fugir, sempre que tivermos que enfrentar a situação, eu vou estar aqui. Bem ao seu lado.

Fico com o coração cheio de amor outra vez. Somos o sol e a lua, e estamos dispostas a ter coragem. Às vezes, acreditar é a coisa mais corajosa de todas.

Mas nada disso importa. Sam não consegue dirigir na chuva, então estamos presas ali. Halmoni está morrendo e não podemos chegar até ela.

É, estamos presas. Mas, de repente, eu me lembro de uma coisa.

Tenho uma ideia.

40

Ricky me disse para ir a um lugar de que os tigres gostavam. Halmoni me disse que era lá que eles guardavam suas histórias.

E quando eu estava fazendo o pudim de lama, a tigresa me disse que a biblioteca era o lugar preferido dela.

A *biblioteca*... o lar das histórias.

— Espera aqui — digo à Sam. Então saio do carro e corro em direção à biblioteca.

A porta está trancada. Claro que está, é madrugada. Mas não vou deixar que isso me impeça. Não agora.

Tento uma das janelas, mas ela não abre. Perco a esperança até me lembrar de mamãe do lado de fora da casa de Halmoni.

Sei que é pouco provável, mas dou um tapinha no lado da janela, passo as mãos pelo peitoril e depois bato com o punho por baixo do vidro.

Prendo a respiração e penso: *Por favor.* Depois empurro.

Por um milagre, a janela se abre.

Sam grita meu nome, eu me viro e a vejo parada atrás de mim.

— Eu te pedi para me esperar no carro.

Ela me encara com os olhos esbugalhados.

— Você está de brincadeira? Vai invadir a biblioteca e eu tenho que ficar esperando no carro?

— Por favor, é só que... preciso fazer isso sozinha. Não vai demorar muito.

Ela balança a cabeça devagar.

— Se eu ficar parada enquanto você invade um prédio, sou basicamente a pior irmã mais velha de todos os tempos...

Chego para frente e dou um abraço apertado em Sam, e ela fica tão surpresa que para de falar.

— Você é a melhor irmã de todas. Mas preciso que me espere no carro e fique pronta para partir. Só confie em mim.

Ela passa a mão pelos cabelos.

— Ah, meu Deus. Tá bom. Que seja. Vou ser sua motorista de fuga, apesar de você saber muito bem que *não consigo dirigir na chuva*.

— Obrigada — digo, e então subo na janela e caio dentro da biblioteca. — Por favor, esteja aqui — sussurro ao entrar ali.

Está tão escuro, mas sou a Pequena Eggi. Eu sou o sol, e a escuridão não me assusta mais.

Caminho por entre as pilhas de livros.

— Olá?

Sinto um aperto no peito porque imaginei que a tigresa fosse estar ali. Tinha tanta *certeza*. No entanto, a biblioteca está silenciosa.

— Olá! — chamo de novo. O silêncio é tão profundo que não aguento mais. Passo a mão pelos livros da estante mais próxima e todos caem no chão. — Por favor, apareça! Preciso da sua ajuda!

— Tá bom, tudo bem. — É a voz dela, e então me viro e vejo a tigresa deitada em um canto, com a cabeça apoiada nas patas.

— Você está aqui — arfo. Sinto-me ridícula, como se estivesse prestes a chorar. A tigresa é uma fera apavorante, mas é tão bom voltar a vê-la. Ainda há esperança.

— Você me deve um pedido de desculpas — diz ela. — Não sou um monstro. Você não pode desejar que eu vá embora como se eu fosse um pesadelo.

— Desculpa — digo. — Não sei se você é boa ou má nem se estou fazendo a coisa certa.

Estou partindo de um palpite — uma ideia ainda incompleta — uma faísca de esperança. Mas decido ser corajosa.

— Notei uma coisa quando a vi naquela noite depois da mercearia. Não parei para pensar nisso antes, mas... era como se a chuva não caísse à sua volta. E imaginei que você estivesse lá para machucar Halmoni, mas agora acho que... talvez você estivesse lá para nos guiar para casa.

Quando ela não responde, engulo em seco e acrescento:

— E espero ter razão. Espero que você possua essa magia de verdade, porque preciso muito da sua ajuda.

Ela se levanta devagar e penso ouvir seus ossos rangerem, mas talvez sejam as árvores lá fora, agitadas pela tempestade.

— Siga-me — diz ela. E então me guia pelas estantes, para fora da biblioteca.

***

Corro de volta para o carro, bato a porta e coloco o cinto de segurança.

— Acho que ela quer que a gente a siga — digo.

Lá fora, a tigresa passa na frente do nosso carro e se vira lentamente até ficar de costas para nós. Sacode a cauda bem perto do chão, quase beijando o asfalto.

Em seguida, ela dá um passo à frente, movendo-se em câmera lenta como se tivesse todo o tempo do mundo, uma garra, uma pata, uma perna de cada vez. Ao caminhar, a chuva vai diminuindo atrás dela. Não para de cair, mas agora é só uma garoa.

À nossa volta, a chuva continua forte, exceto no caminho aberto pela tigresa.

Não entendo os padrões climáticos. Talvez aquilo possa ser explicado pelas nuvens, o vento ou sei lá o quê. Mas parece outra coisa. Parece magia.

— Ela, quem? O que é que está acontecendo? — arfa Sam, de olhos arregalados. Ela não consegue ver a tigresa, mas vê o caminho da garoa, aberto só para nós duas. — É a tigresa?

Hesito, mas faço que sim com a cabeça.

— Não consigo vê-la — sussurra ela. Há incredulidade e medo em sua voz, mas, por trás disso, uma pontada de nostalgia. Ela puxa a mecha branca e a coloca atrás da orelha. — Por que não consigo ver a tigresa?

Nunca entendi por que Sam ficava tão irritada com as tradições de Halmoni. Com a magia. Mas agora acho que é porque ela queria demais fazer parte disso. E talvez tivesse medo de não poder fazer, por isso deixou tudo de lado.

Estendo a mão para soltar o pingente e depois me aproximo para prendê-lo no pescoço dela. Proteção extra. Amor extra. Só para garantir.

— Vamos ficar bem — digo a ela. — Às vezes, acreditar é a coisa mais corajosa de todas. Agora, comece a dirigir.

41

Minha tigresa nos leva até o hospital.

— Isso foi... Você é... — diz Sam ao estacionar, mas então balança a cabeça. Não temos muito tempo.

Saímos correndo do carro, passamos pela tigresa e entramos pelas portas automáticas.

Hospitais são frios e claros demais. O cheiro de álcool isopropílico faz meu nariz arder, como se tentasse desinfetar minhas narinas. Ali, tudo é limpo e controlado. Lá fora é selvagem, cheio de chuva, vento e tigres, mas aqui dentro a natureza não pode nos tocar.

Sam fala com alguém na recepção do pronto-socorro e uma enfermeira nos guia pelo hospital, dando voltas e mais voltas por corredores brancos.

Até nos deixar no quarto de Halmoni.

Mamãe está deitada com ela na cama, encolhida ao seu lado. Ela bloqueia nossa visão de Halmoni, mas a ouço sussurrar:

— Eu te darei o que você quiser. Só não a leve. Não ainda.

Não sei se ela está rezando para um deus ou um tigre ou uma mistura dos dois.

Sam bate na porta aberta e, quando mamãe ergue os olhos, espero ver raiva em sua expressão. Ela nos mandou ficar em casa, e Sam dirigiu até ali só com a permissão de estudante. Infringimos a lei e, pior ainda, violamos as regras de mamãe.

Mas mamãe está cansada demais para nos dar bronca.

— Já ia ligar para vocês, meninas. As coisas não parecem muito bem.

Fico com vontade de perguntar o que ela quer dizer com isso, mas prefiro não saber. Além disso, acho que *já* sei.

Ela faz um sinal para que Sam e eu entremos no quarto, mas continuo parada na porta.

Halmoni parece tão pequena na cama de hospital, pálida sob a manta azul-clara. Há um tubo fino de oxigênio enfiado em seu nariz, mas, com o lenço de lantejoulas na cabeça, ela continua glamorosa. Apesar de parecer tão doente.

Não.

Doente não é a palavra certa.

Doente é Halmoni vomitando no banheiro. *Doente é o nariz* vermelho de Sam quando ela fica gripada. *Doente é minha garganta dolorida e in*flamada quando peguei uma infecção bacteriana.

Aquilo não é uma simples *doença*. Não é *melhorar*.

Halmoni parece estar à beira da morte.

E eu não estou preparada para isso.

Dou um passo para trás, mas Halmoni abre os olhos e nos vê.

— Sam — chama ela. Sua voz soa tão baixa. — Falo primeiro com Sam.

A voz de Sam sai estrangulada.

— Comigo? É mesmo?

Halmoni faz que sim com a cabeça debilmente e Sam corre até ela.

Mamãe vem até mim.

— Vem comigo. Vamos comprar uns lanches na máquina de snacks.

Eu a sigo, mas as lâmpadas fluorescentes e o cheiro do hospital me deixam tonta. Não quero ficar no lugar onde Halmoni vai morrer.

Mamãe segue na frente, presumindo que estou bem atrás dela, mas fico invisível e caminho na direção oposta, para longe de mamãe e Halmoni, seguindo pelos corredores sinuosos até sair pelas portas de correr e conseguir respirar outra vez.

Fico embaixo da marquise, na entrada do hospital. Na minha frente, vejo a tigresa sentada sob a chuva, como sabia que estaria.

Uma garota invisível e uma tigresa invisível. Fazemos um belo par.

— Acho que sei como as histórias me mudaram — digo a ela.

Ela empina as orelhas.

— Como?

Respiro fundo.

— As histórias me fizeram desejar várias coisas opostas ao mesmo tempo. Não sei como consigo sentir tantas coisas de uma vez só. E não sei quais sentimentos e desejos são corretos.

— O que você quer, Lily?

Meu coração martela dentro do peito. Tenho aquela sensação de plenitude e de estar prestes a explodir de novo. E então respondo:

— Quero que Halmoni continue viva, mas não quero que ela sofra. E quero... — Minha voz fica embargada e acho que não vou conseguir continuar, mas consigo. — Quero voltar para aquele quarto e ficar com Halmoni e minha família, mas também quero fugir para bem longe daqui.

Recupero o fôlego. A chuva cai. Em seguida, digo a ela:

— Detesto ter todos esses desejos. Agora entendo por que a garota-tigresa implorou por uma cura. É horrível sentir *tanto*.

Ela se remexe e suas listras começam a brilhar.

— A garota-tigresa estava enganada, Lily. No final das contas, ela descobriu que gosta bastante de sua forma de tigre. E agora sabe que é possível ser mais de uma coisa ao mesmo tempo. Se você for forte, pode guardar mais de uma verdade em seu coração.

Balanço a cabeça.

— Bem, mas eu não sou forte. Não estou preparada para o fim da história de Halmoni. Não consigo encarar isso.

— Lily, eu te disse que ia curar minha Ae-Cha, mas curar nem sempre tem a ver com curar uma doença. Muitas vezes, trata-se de compreensão. Quando você encarar a história, vai conseguir compreender tudo que há em seu coração.

Sinto um aperto no peito.

— Eu estraguei tudo. Não sabia mais o que era real, aí fiquei com raiva e quebrei o pote. A última parte da história se foi, e agora Halmoni não terá nem isso.

— Não se foi, não — diz ela. — Você a libertou. Não posso te contar, mas você a conhece mais do que imagina. Afinal de contas, são as histórias da nossa família.

Eu me detenho e reflito sobre as palavras da tigresa. *Minha Ae-Cha. Nossa família.* Minha família e a dela.

— Você é... a mãe de Halmoni? Eu sou...? — Não digo *uma garota-tigresa*, pois não preciso. Já sei a resposta.

Ela não responde às minhas perguntas.

— Pegue a história, compreenda de onde você veio e quem é, e então, procure sua própria história. Crie a história de quem você ainda será.

Antes que eu possa responder, as portas se abrem. Olho para trás e me deparo com uma enfermeira asiática de uniforme cor-de-rosa e batom alaranjado.

— Aí está você! — exclama ela. — Sua mãe está em pânico por sua causa. Venha comigo agora mesmo.

Olho de volta para minha tigresa, mas ela desapareceu, como eu já sabia que aconteceria.

42

A enfermeira me guia pelos corredores brancos outra vez, e eu tenho que me apressar para acompanhá-la.

— Sinto muito — diz ela assim que chegamos à porta do quarto. — Ainda me lembro de quando me despedi da minha avó. É tão difícil. Mas vou rezar por você, querida.

Mamãe nos vê ali e corre até mim.

— Lily. Que susto você me deu! Não pode escapulir desse jeito! Muito menos agora. — Ela me puxa em sua direção e cheira o topo da minha cabeça. — Tá bom. Halmoni quer falar com você.

Minha cabeça fica a mil por causa das palavras da tigresa.

Respiro fundo, entro e sigo em direção a Halmoni.

Sam se levanta. Não se dá ao trabalho de enxugar as lágrimas, mas acaricia meu braço ao sair do quarto. Então ficamos só eu, Halmoni e as máquinas do hospital, que apitam sem parar.

Faço meias-luas nas palmas das mãos com as unhas e me sento na cadeira cinza ao lado da cama. É tão áspera que o tecido pinica minhas coxas.

— Lily Bean. — A mão de Halmoni se contrai de um jeito que até parece inumano. Há algo errado. Fico assustada e triste, e uma parte de mim tem vontade de ir embora dali. Pego a mão dela e tais sentimentos não desaparecem, mas me dou conta de que também há amor ali, e que é mais forte do que qualquer outra coisa.

— Agora vejo a verdade — diz Halmoni. — Vejo minha mãe. Minha *umma*. Ela finalmente me encontrou.

— Halmoni — sussurro —, acho que também a vi.

Halmoni abre um sorriso.

— Você sempre vê, Pequena Eggi. É esse o seu poder.

Sinto um aperto no peito, mas seguro firme na mão dela, traçando sua linha da vida com o polegar.

— Durante toda a vida, desperdicei *tanto* tempo, *tanta* energia, escondendo o que há em meu coração. Tenho medo de tigres. E mais ainda, tenho medo da tigresa que há em mim — diz ela. — Pensei que tinha que esconder minhas palavras porque meu inglês não é tão bom. Pensei que tinha que esconder meu coração porque sinto demais. E pensei que tinha que esconder minha história porque, se a contasse, é ela quem eu seria para sempre. — Ela recupera o fôlego. — Mas quando a guardo comigo, ela me devora. Não vejo todo o amor à minha volta.

A esperança toma conta de mim, apesar de eu tentar impedi-la. Apesar de saber como ela é perigosa.

— Talvez tudo vá ficar bem agora que você entendeu isso. Já pode ficar curada.

— Agora, eu estou pronta.

Sinto um nó tão apertado que fecha minha garganta.

— Mas eu não estou.

Ela fecha os olhos.

— Às vezes, a coisa mais forte de todas é parar de fugir. É dizer: "Não tenho medo de tigres. Não tenho medo de morrer."

Mas eu tenho tanto medo.

Por uma fração de segundo, vejo o vislumbre do rosto de uma tigresa sob a expressão dela....

Sumiu quase que no mesmo instante, mas sei o que vi. É a determinação de Halmoni, a coragem que terá no próximo capítulo.

Ela vai ser corajosa.

Sam e mamãe voltam para o quarto; minha irmã se senta do outro lado da cama e segura a outra mão de Halmoni. Mamãe vem até mim e esfrega minhas costas.

Com os olhos ainda fechados e os lábios repuxados em um sorrisinho, Halmoni pede com um sussurro feroz:

— Me conta uma história.

Sam olha para mim e levanta a mão. Em seguida, fecha o punho como se estivesse apanhando uma estrela do céu e a estende para mim.

Lá no fundo da minha mente, uma história começa a se moldar — surgindo da névoa e da sombra até tomar forma.

Chego perto de Halmoni...

mais perto...

e ainda mais perto...

e então começo.

43

Muito, muito tempo atrás, quando o tigre bebia as estrelas, dez mil sóis e dez mil luas depois de uma menina ter roubado as histórias dos tigres — duas meninas moravam com sua halmoni em uma casa no alto da colina. Eram irmãs, uma delas tinha compridas tranças pretas e a outra usava maquiagem escura nos olhos. Antigamente, as duas partilhavam tudo, mas com o passar do tempo, elas se distanciaram — e ficaram cada vez mais solitárias.

> *Um dia, a halmoni foi até a aldeia para comprar arroz e biscoitos Happy Nut para as meninas, mas ficou presa no trânsito. Ela chegou tarde em casa, bem mais tarde do que de costume.*
>
> *O céu estava escuro naquela noite — as nuvens de chuva encobriam as estrelas — e quando a halmoni passou pelas janelas, sua sombra mudou, assumindo a forma de uma tigresa.*
>
> *Talvez fosse uma ilusão de ótica, mas as duas não tinham certeza.*
>
> Pequeninas, *chamou a halmoni,* me deixem entrar.
>
> *As irmãs espiaram pela janela, mas, naquela noite, sua halmoni parecia diferente. Ela estava transformada.*
>
> *As irmãs ficaram com medo.* Não sabiam o que fazer. *Por isso tentaram fazer com que ela voltasse*

a ser como antes. Unya espalhou o arroz e Eggi derramou as estrelas. As duas tentaram de tudo, mas nada funcionou.

Então, quando não havia mais nada além do fim da história, um deus do céu as viu e ficou com pena delas.

Veja bem, séculos antes, outro deus do céu tinha criado uma garota-tigresa capaz de viver nos dois mundos.

Até os deuses cometem erros, mas seu erro não foi a criação da garota-tigresa.

O erro foi fazê-la escolher. Foi criar um mundo em que ela tivesse que se esconder — onde tivesse medo de ser várias coisas ao mesmo tempo: determinada e simpática, gentil e forte.

Mas aquele era um deus antigo, com costumes antiquados, e o novo deus reconheceu a família dela — suas bisnetas.

Sendo assim, ele jogou uma escada para a Pequena Eggi e uma corda para Unya.

Venham, *disse o novo deus do céu.* Quero mostrar uma coisa para vocês duas.

***

No quarto do hospital, sinto o gosto de sal na língua e me dou conta de que estou chorando. Olho para cima e vejo Sam. Sinto o toque de mamãe nas minhas costas.

Com a ponta dos dedos, percebo que a pulsação de Halmoni fica cada vez mais fraca, quase desaparecendo.

— Continue — sussurra Sam.

Os segundos passam. Respiro fundo. Há tantos finais para escolher. E eu encontro o meu.

***

Juntas, as duas irmãs subiram até chegar ao deus do céu e viram que era uma tigresa do céu, que lhes mostrou uma galáxia cheia de potes. Alguns potes tinham viajado ao redor do mundo, há muito escondidos. Outros tinham atravessado o oceano até parar em um mercado de pulgas à beira-mar, na esperança de encontrar a família delas. E todos continham a verdade, a saudade e o amor.

Abram os potes, *disse a tigresa.*

As meninas estavam com medo, mas também eram corajosas. Acreditavam na esperança. Elas abriram os potes e suas histórias. Algumas eram assustadoras, outras tristes, mas as duas sentiram muito orgulho, pois era a história de sua família — de gerações de mulheres que lutaram pelo que havia em seus corações. Mulheres que podiam ser tudo que quisessem.

Agora, vocês podem contar suas próprias histórias das estrelas, *disse a tigresa do céu, com a voz pinicando seus ouvidos como um tecido áspero.* A luz é infinita.

Então, as irmãs começaram a falar. Contaram as histórias de sua halmoni, que sempre usava lantejoulas e sempre enxergava as próprias netas. Que corria todos os riscos pela felicidade e fazia de tudo para proteger sua família. Que acreditava em coisas invisíveis — como espíritos, magia e amor.

As meninas falaram sobre sua halmoni, que as ensinou a ver o mundo e também a si mesmas.

Ao fazerem isso, as irmãs encheram o céu de estrelas. Iluminaram o mundo inteiro.

E com a luz, conseguiram encontrar o caminho de casa.

Com a luz, elas conseguiram ver: não estavam *mais sozinhas.*

44

Quando termino a história, Halmoni está sorrindo. Ela está de olhos fechados e sua pulsação vacila, quase inexistente.

— Eu te amo — digo a ela.

Aperto uma das mãos de Halmoni. Sam aperta a outra. Mamãe faz um cafuné em seus cabelos.

É o fim. Mas não acontece de imediato, como nos filmes.

Com o passar das horas, a respiração dela fica cada vez mais fraca. Ficamos assistindo Halmoni desaparecer aos poucos.

— As histórias deveriam salvá-la — digo em voz baixa.

Mamãe dá um gemido e, quando olho para ela, há lágrimas em seus olhos.

— Mas elas a salvaram, Lily. As histórias a fizeram lembrar que o mundo é grande. Que ela podia ser tudo que quisesse. Que ela era tudo para nós.

Halmoni parece tão pálida, deitada ali na cama. Tão indefesa.

— Estou com medo — digo.

— Eu sei — diz mamãe —, mas você não está sozinha.

Sam estende a mão para soltar o pingente. Ela o coloca na palma da mão, pressiona contra a minha e entrelaça nossos dedos.

Juntas, seguramos nosso pedacinho de magia — nosso pedacinho de Halmoni.

— Tá tudo bem — sussurro, chegando tão perto de Halmoni que meus lábios roçam em sua orelha. Fecho os olhos e respiro fundo. Às vezes, a coisa mais corajosa de todas é parar de fugir. — Não faz mal se você se for agora. Nós vamos ficar bem.

Não sei se ela pode me ouvir. Mas acho que sim. O quarto parece suspirar de alívio.

Levanto o olhar e noto que o mundo lá fora está escuro, mas, pela janela, vejo dois pontinhos de luz piscarem para mim. É difícil enxergar. É difícil ter certeza. Talvez seja o reflexo das máquinas ali dentro, talvez sejam os olhos da tigresa olhando de volta para mim.

Eu os observo com o coração apertado como um punho. De repente, eles somem, piscando até se fechar. Alguma coisa se abre dentro de mim, um buraco que não havia ali antes. Um vazio e uma perda, mas também um... *espaço*. Um pote aberto, uma libertação.

Encosto a cabeça no coração de Halmoni e fico ali naquele quartinho com minha família.

Quando por fim Halmoni se vai, sei que ela está pronta. Sempre foi tão corajosa.

45

O porão está inundado.

Na primeira noite, depois de voltarmos para a casa de Halmoni, mamãe abre a porta do porão e balança a cabeça. A água bate nos degraus. As caixas que Ricky e eu nos esforçamos tanto para empilhar vão se desintegrando em um mingau. Mamãe fica olhando para a água por muito, muito tempo antes de chamar alguém para consertar o encanamento.

Na segunda noite, mamãe decide dormir no quarto de Halmoni. Sam fica acordada, roendo as unhas. E o resto da casa fica em silêncio. As tábuas do assoalho não rangem sob meus pés. As portas não cantam. Sem Halmoni, a casa não é mais um lar. É só uma casa silenciosa e vazia demais em que nenhuma de nós sabe como viver.

Os dias passam tranquilamente. As horas se confundem.

Ricky me manda uma série de mensagens de texto com suas comidas preferidas para me animar. E na sétima noite, depois de uma semana completa, ele escreve: *bolinhos de arroz.*

Ao ler as palavras, as lágrimas começam a arder em meus olhos. Quase desligo o celular e me escondo debaixo das cobertas.

Mas a mensagem me faz lembrar de uma coisa. Uma data importante passa pela minha cabeça. No celular, verifico a agenda e vejo: amanhã é a venda de bolos.

Tenho uma ideia e, pela primeira vez na semana, o peso no meu peito diminui um pouco. Conto meu plano a Ricky e envio uma mensagem para Jensen antes de jogar as cobertas para o lado.

Desço correndo a escada do sótão, sem me preocupar com a invisibilidade. Ando pela cozinha, juntando panelas e frigideiras, e encho nossa casa de barulho. A casa começa a acordar.

Mamãe entra na cozinha, com Sam logo atrás.

— O que é que você está fazendo?

Sam pestaneja, atônita.

— Bolinhos de arroz. Para a venda de bolos.

Sam fica confusa, mas mamãe não questiona nada. Ela vem até mim e começa a tirar os ingredientes da prateleira: um pote de farinha para mochi, uma caixa de açúcar, pasta de feijão azuki.

— Não precisamos fazer a venda de bolos — diz Sam.

— Não — concordo, olhando dela para mamãe e vice-versa. — Mas... talvez fosse bom. Tanta comida. Tanta gente. Vai ser igual a...

A compreensão fica estampada no rosto de Sam e seus olhos ardem de tristeza.

— Igual a um kosa.

— Na biblioteca — diz mamãe. Por um momento, ela parece magoada demais para falar, mas então continua: — A biblioteca foi um dos projetos de Halmoni, muitos anos atrás. Ela a pintou com cores vivas e encheu de pôsteres cafonas. Sempre quis que fosse um lugar especial.

Fico olhando para ela, imaginando como é que eu não sabia disso. Mas não tenho muito tempo para pensar no assunto, pois Sam pergunta à mamãe:

— Você sabe fazer bolinhos de arroz?

Mamãe assente, mas sua voz deixa transparecer um ligeiro pânico.

— Hã, acho que sim. Talvez. Vagamente. — E então, mais baixinho: — Nunca pensei em perguntar como se faz.

Lembro da vez em que pedi a receita à Halmoni e ela me disse: *Mais tarde*. E agora é tarde demais.

Mas mamãe tem um ar esperançoso, e eu respiro fundo.

— Tá tudo bem — digo. — Talvez não saiam perfeitos, mas podem ser gostosos mesmo assim.

Mamãe aperta meu ombro e começamos a medir a farinha e o leite de coco com base no que parece estar certo. E cozinhar juntas, sovando a massa de mochi com nossas mãos, é a sensação mais acertada de todas.

46

Ricky e Jensen espalham a notícia. Quase a cidade inteira vem à biblioteca para o kosa de Halmoni. Seus amigos enchem a sala de comida e histórias. As pessoas vêm até nós e nos dizem que sentem muito e que gostavam muito dela — pessoas que nem conhecemos, mas que Halmoni ajudou ou curou de alguma maneira.

Joe me encontra e começo a pedir desculpas. Ele não está cobrando pela venda de bolos que virou um kosa, é claro. Portanto, nosso plano para salvar a biblioteca foi arruinado.

— Sei que era para a gente arrecadar dinheiro — digo.

Joe balança a cabeça.

— Não era pelo dinheiro, mas pela comunidade. Bem, talvez possamos ter uma conversinha sobre a invasão depois.

Minhas bochechas ficam afogueadas.

— Como foi que você descobriu?

— Intuição — responde. — Além disso, havia pegadas de lama do tamanho dos pés de uma criança por toda parte.

— Ah. — Já tinha me esquecido disso.

Mas seu bigode se agita, e ele dá um sorriso gentil.

— É normal um coração partido causar uma bagunça. — Ele me dá um biscoito, e eu agradeço.

Do outro lado da biblioteca, mamãe conversa com alguns adultos que não conheço e Sam vai até Jensen. Jensen abraça Sam e dá um beijo no topo de sua cabeça, e Sam se aninha no ombro dela. Há um amor entre as duas que me deixa confusa por um breve instante.

De repente, tudo começa a fazer sentido. O comportamento estranho de Sam ao ver Jensen pela primeira vez. Seu nervosismo ao me perguntar sobre ela logo depois. O jeito que Jensen ajudou Sam a espalhar arroz e que Sam tentou ligar para ela para pedir ajuda.

Elas são namoradas.

Fico surpresa, embora agora pareça tão óbvio. Elas formam um casal bonito. Jensen é legal e Sam é gentil com ela, e as duas combinam tão bem.

Do outro lado da biblioteca, vejo Ricky com seus amigos. Todos acenam para mim, e Ricky os abandona por um momento e vem até mim com uma cesta de vime nos braços. Hoje, ele está usando um chapéu-coco preto super glamoroso que Halmoni teria adorado.

— Muffins de chocolate — explica ele. — Joe me deu a receita. — E então, com um sorriso torto: — Juro que não tem lama neles.

Ele estende a cesta para mim, o bisneto de um caçador de tigres oferecendo bolinhos à bisneta de uma deusa dos tigres.

Pego a cesta e seu calor sobe pelas pontas dos meus dedos e se espalha pelo meu corpo inteiro. Uma parte de mim se anima e sorri. Não sei se o sorriso chega ao meu rosto, mas talvez seja assim que a cura começa — com bocadinhos de felicidade despertando dentro de nós até que algum dia ela se espalhe por todo o nosso ser.

— Passei na prova de literatura — diz ele. — Então, vamos estudar na mesma turma no outono.

Dessa vez, dou um sorriso de verdade.

— Mas que bom, Ricky!

Ele sorri de volta e, quando peço licença, Ricky compreende. Sabe que ainda não estou pronta para conversar.

Saio pela pesada porta da frente e me sento nos degraus da biblioteca, embalando os muffins no colo.

Penso na conversa que tivemos antes sobre descobrir quem somos, mesmo em situações que não têm nada a ver com a gente. Ando fazendo isso, ver quais são minhas limitações — tentar encontrar as fronteiras de mim mesma — e me dei conta de que sou muito mais do que imaginava. No momento, eu me sinto infinita.

Dou uma mordida no muffin e me engasgo, cuspindo-o na palma da mão. *Sal.* Ricky deve ter confundido o açúcar com o sal.

O gosto inesperado me faz dar uma gargalhada.

— Posso me sentar com você?

A princípio, acho que é a voz da tigresa. Fico esperando ouvi-la ou vê-la com o canto dos olhos. Mas, lá no fundo, sei que ela se foi.

Ao me virar, deparo-me com Sam, que se senta ao meu lado sem esperar uma resposta. Ela enfia a mão na cesta e pega um muffin sem pedir permissão.

— Eu não faria isso... — começo a avisar, mas é tarde demais. Sam se engasga com a mordida, cuspindo o próprio bocado na palma da mão. Ela olha para mim, e eu começo a rir, e ela também...

Mas paramos de rir do nada e jogamos os muffins mastigados de volta na cesta.

Parece tão errado ser feliz nesse momento.

— Fica mais fácil? — pergunto. — A tristeza vai embora?

Sam fica com um olhar perdido.

— A tristeza passa, sim. Com o tempo. Mas a saudade... acho que nunca vai embora.

Pressiono o polegar na palma da mão e, ao fechar os olhos, quase consigo imaginar que é Halmoni traçando minha linha da vida e me dizendo que vai ficar tudo bem. A brisa do fim do dia aquece minha pele. Até que enfim parece agosto, e eu encho os pulmões de calor.

Sam chega mais perto de mim até nossos braços se tocarem. No céu, o sol está se pondo e a lua espreita por cima das árvores.

— Conta outra história para mim? — pede ela.

Respiro fundo. Os segundos passam. Encontro a minha voz.

— Muito, muito tempo atrás... — começo a contar.

Ainda não sei qual é o final, mas vou encarar minha história à medida que ela for mudando e crescendo. Graças a Halmoni, posso ser corajosa. Posso ser o que quiser.

Sou uma menina que vê coisas invisíveis, mas não sou mais invisível.

Nota da autora

Quando eu era pequena, minha halmoni me contava histórias.

Minha irmã mais nova e eu nos enroscávamos na cama com ela e, conforme nossa halmoni falava de fantasmas e tigres, o mundo se enchia de magia. Nesses momentos, podia jurar que ouvia tigres do lado de fora do quarto, raspando as garras afiadas no assoalho de madeira. Quase podia ver suas sombras passando por baixo da porta.

Nessas noites, eu me sentia conectada a uma linhagem de mulheres coreanas que nunca cheguei a conhecer — como se suas histórias ainda vivessem no meu sangue. Quando ouvia minha halmoni, eu não era metade branca, metade asiática, um quarto coreana, uma mestiça. Eu era apenas eu, e sabia disso no fundo da alma.

Anos mais tarde, quando saí do Havaí para ir à faculdade, abandonei as histórias — não de propósito, mas por acidente, como se elas tivessem escorregado para debaixo da cama e começado a juntar poeira. Em pouco tempo, esqueci que elas tinham sumido.

Não sabia o quanto precisava delas até o final da faculdade, quando alguém me perguntou se eu era coreana.

Só um quarto, respondi. As palavras me soaram erradas no segundo em que saíram da minha boca. A resposta sempre foi um simples *sim*. Mas, em algum momento, comecei a dividir meu sangue em partes.

Querendo ser inteira de novo, voltei às histórias, lendo velhos contos de fadas e pesquisando na internet — mas eram tão diferentes. Não eram as histórias de minha halmoni. De algum jeito, elas haviam mudado de forma. Talvez tivessem mudado. Talvez eu que não conseguisse encontrá-las. Talvez minha halmoni tivesse contado versões diferentes e inventado outras por completo.

Quando pedi que recordasse suas histórias, ela me dispensou com um aceno de mão. *Ah, faz tanto tempo,* disse ela. *Nem sei o que disse.*

Então, sem ter a quem recorrer, escrevi minha própria história.

Comecei com a minha história preferida: duas irmãs fogem de um tigre e sobem até o céu para se tornarem o sol e a lua. É uma história popular, com muitas variações, mas sempre senti que escondia alguma coisa — e queria descobrir seus segredos.

O tigre da história é inteligente e determinado. Ele se disfarça de avó das crianças. Ele as persegue. Tenta enganá-las e, quando não dá certo, persegue-as por toda parte. Ele tenta persegui-las até o céu.

O tigre é incansável na perseguição, e eu sempre imaginei: o que será que ele quer? Nada tão grosseiro como a carne; parece ser algo mais. O que poderia ser tão importante, tão poderoso, para que o tigre perseguisse as crianças pelo mundo todo?

Escrevi dezenas de manuscritos em busca da resposta, mas ela não veio fácil. Era como se eu tivesse que provar ser digna de confiança antes que a história revelasse seus segredos.

Para isso, trabalhei duro. Pesquisei a história da minha família e a história da Coreia.

Li sobre o colonialismo e a opressão, sobre um idioma oculto e histórias esquecidas, sobre mulheres de conforto e silêncio imposto. Mas, nessa história sombria, também encontrei força. O povo coreano — as mulheres coreanas, em particular — é determinado e resiliente e, à medida que trabalhava, eu compreendia melhor minha halmoni e a mim mesma.

Minha pesquisa revelou algumas estranhas coincidências. Em um dos primeiros manuscritos, escrevi sobre potes de estrelas cheios de magia sem saber muito bem por quê. A ideia parecia ter surgido do nada.

Mais tarde, descobri sobre Chilseong ou as Sete Estrelas — uma divindade que protege as crianças e costuma ser homenageada em tigelas ou potes.

Da mesma forma, na minha história eu tinha inventado uma ilha coreana onde o mar se abria uma vez por ano. Ao me debruçar sobre um mapa da Coreia, tentando encontrar um lugar para minha aldeia fictícia, descobri que ela já existe — Jindo, uma aldeia à beira-mar onde, uma vez por ano, devido a uma combinação de marés e talvez um pouquinho de magia, o oceano realmente se separa.

Trabalhei dessa maneira, alternando entre a escrita e a pesquisa e tratando tais coincidências como pistas, como se estivesse juntando uma história que havia sido contada muito, muito tempo atrás e eu só precisasse preencher as lacunas.

Percorri a história até chegar ao mito da origem da Coreia. E foi aí que encontrei a maior coincidência de todas.

Antes da minha pesquisa, eu tinha uma vaga noção do mito da origem coreana, mas, por algum motivo, minha halmoni nunca tinha nos contado essa história. É mais ou menos assim:

> *Muito, muito tempo atrás, havia um príncipe celestial que governava a Terra. Seu trabalho era fácil até que uma ursa e uma tigresa, cansadas de suas vidas selvagens, pediram que ele as transformasse em seres humanos.*
>
> *Ele disse que, se as duas vivessem em uma caverna por cem dias e só comessem artemísia e alho, então se tornariam mulheres.*
>
> *A ursa conseguiu fazer isso, e o deus a recompensou com um corpo humano. Juntos, eles criaram o povo coreano.*
>
> *Mas a tigresa ficou impaciente. Não conseguiu lidar com tais condições. Ela fugiu da caverna e foi condenada a uma vida de peregrinação* pela floresta como um *animal selvagem, sempre sozinha.*

Eu já sabia da existência da mulher-urso, mas até então nunca tinha ouvido falar da tigresa. No entanto, no meu manuscrito, eu havia escrito sobre uma garota-tigresa que pede a um deus do céu que a transformasse em humana. As palavras me pareceram tão certas quando as escrevi, embora não as entendesse muito bem.

Ora, *aquilo* já parecia ser mais do que uma mera coincidência.

Sim, talvez eu já tivesse ouvido a história antes e ela estivesse enterrada e há muito esquecida no meu subconsciente. Mesmo assim, senti-me conectada a algo maior. Senti-me como muito tempo atrás, como se as histórias vivessem no meu sangue, mesmo as que eu nunca tinha ouvido antes.

Pesquisei o mito mais a fundo e encontrei um ensaio crítico chamado "Concebendo a Nação", de Seungsook Moon. De acordo com Moon, "a transformação de uma ursa em mulher traz o profundo significado social da feminilidade, sintetizado pela paciência para suportar o sofrimento e a provação".[9]

E, com isso, minha história finalmente fez sentido.

Era essa a história secreta. Afinal, se a ursa representa as mulheres coreanas — ou uma versão da feminilidade que significa sofrimento e resistência silenciosa —, então o que foi que aconteceu com a tigresa?

O que aconteceu com a mulher que se recusou a sofrer e foi banida por causa disso?

O que aconteceria se ela voltasse?

O que será que ela ia querer — e que história contaria?

9. MOON, Seungsook. Begettng the Nation [Concebendo a Nação]. In: KIM, Elaine H.; CHOI, Chungmoo (Eds.). *Dangerous Women*: Gender & Korean Nationalism [Mulheres perigosas: *gênero e* nacionalismo coreano]. Nova York: Routledge, 1998, p. 41.

Agradecimentos

Este é um livro que eu sabia que tinha de escrever, mas não sabia muito bem como. É o produto de tantas direções erradas; de falsos começos (e falsos finais e falsos meios); de suor, lágrimas e sangue de tigre. Mas está aqui. Está *feito*. E sou muito grata a todos que me ajudaram ao longo do caminho.

Mãe: obrigada por plantar a semente em mim lá atrás, na época em que "o tigre fumava cachimbo".[10] Por ler todos os rascunhos, repassar cada capítulo comigo e me convencer a não desistir (pelo menos umas cinco vezes). Este livro não existiria sem você. Você é a melhor editora, a melhor escritora, a melhor *mãe* de todas.

Pai: obrigada por me ensinar a trabalhar duro e tratar a mim mesma com respeito. Por me explicar os impostos e o treinamento de Dale Carnegie e me mostrar que não sou só uma artista, mas também uma profissional. Seu incentivo significa muito para mim.

Sunhi, minha determinada irmã-tigresa cheia de afeto: boa parte dessa história é a história da nossa família. Grande parte do processo de escrita implicou em aprender quem

---

10. A frase "Muito tempo atrás, quando o tigre fumava cachimbo" é uma expressão comum nos contos de fadas e histórias coreanas. É usada para indicar que a história se passa em um tempo distante e pretende transmitir a ideia de que o mundo era diferente naquela época. [N. T.]

somos e de onde viemos. Quando você fizer sua própria jornada pela nossa história e identidade — quando pegar todo esse amor e transformá-lo na magia da dança — eu estarei lá, torcendo por você e assistindo com admiração.

Halmoni: obrigada por todas as suas histórias; seriam capazes de preencher as páginas de uma infinidade de livros.

À minha enorme, amorosa e incrível família: obrigada pelo apoio. Sou muito sortuda por ter vocês.

Aos Paley e Nadel, que me apoiaram maravilhosamente: sou muito feliz por fazer parte da sua família.

E ao Josh, como sempre: obrigada por enxugar minhas lágrimas a cada obstáculo e por me fazer voltar a rir. Obrigada por acreditar em mim quando eu não acreditava em mim mesma. E por me ajudar a acreditar que posso ser especial.

Sarah Davies: muito obrigada pelo apoio durante todo o processo. Obrigada por enxergar o potencial de uma simples ideia.

E obrigada ao resto da equipe da Greenhouse Team e da Rights People, por todo o trabalho árduo.

Chelsea Eberly: obrigada por aturar meus longos e-mails que podiam ser resumidos a "AH, SOCORRO!" e por insistir que o livro *não* tinha um defeito irreparável. Obrigada por me incentivar a fazer meu melhor trabalho e por me ajudar a desvendar a história do meu coração.

Obrigada também à equipe calorosa, apaixonada e esforçada da Random House Children's Books: Michelle Nagler, Barbara Bakowski, Katrina Damkoehler, Ken Crossland, Tracy Heydweiller, Jenna Lettice, Kelly McGauley, Adrienne Waintraub, Lisa Nadel, Kristin Schulz, Jillian Vandall, Emily Bamford, Julie Conlon, Sydney Tillman, Stevie Durocher, Emily Petrick, Shaughnessy Miller, Andrea Comerford, Emily Bruce, Cynthia Mapp e tantos mais.

Obrigada à Jedit pela linda arte de capa.

Obrigada aos alunos da Oceanside Middle School, Punahou School e Kaimuki Middle School por me ajudarem a escolher o título do livro.

Muito obrigada à Kay Junglen e sua turma de leitores da biblioteca Sherrill-Kenwood.

À Romily Bernard, pela leitura e por me encorajar quando eu precisava tão desesperadamente disso.

À Sam Morgan, por todo seu entusiasmo. Só não uso os títulos que você sugeriu porque são bons *demais*.

E aos amigos que me deixaram falar (sem parar) sobre este livro — e que me deram ânimo, conselhos, apoio, distração, lenços de papel e chá: sou mais do que grata a todos vocês.

Por fim, ao leitor: este livro veio de tão longe até chegar a você. Obrigada por lhe dar um lar. Agora, esta história também é sua.

Este livro foi impresso nas oficinas gráficas da Editora Vozes Ltda.,
Rua Frei Luís, 100 – Petrópolis, RJ.